南 英男

毒蜜 人狩り
決定版

実業之日本社

実業之日本社文庫

目次

プロローグ　7
第一章　謎の連続拉致(らち)　14
第二章　怪しい黒人集団　78
第三章　暴力団の影　142
第四章　新たな疑惑　203
第五章　裂けた陰謀　268
エピローグ　337

毒蜜　人狩り

プロローグ

照明が強まった。

BGMの音量も膨らんだ。ストリップショーは、いよいよ佳境に入った。

といっても、踊り手は女性ではない。ステージには、五人の若い白人男性が立っていた。

客は日本人のOLや人妻たちが圧倒的に多い。外国人女性の姿は疎らだった。

六本木の裏通りにあるアミューズメントクラブ『ブルーナイト』だ。

十月中旬のある夜だ。

外は秋風が吹いていたが、店内には熱気が漲っている。化粧と甘い体臭で、むせ返りそうだ。

六十人を超える女性たちがステージに粘っこい眼差しを向けていた。どの顔も上気し、どこか淫らだった。それでいて、頽廃的な気配は漂っていない。

五人の踊り手は揃ってマスクが整っている。いずれも二十代で、スタイルも悪くない。

二人はアメリカ人だ。ほかの三人はイギリス、カナダ、オーストラリアとそれぞれ国籍が異なる。

男たちは素肌に色とりどりのコートを羽織り、ステップを刻んでいる。ラインダンスに似た振り付けだった。

コートの下には一糸もまとっていない。弾みで時々、股間がちらつく。ヘアはバター色、栗毛、赤毛、褐色とさまざまだ。

男たちの繁みがスポットライトに晒されるたびに、観客の女たちが嬌声をあげた。笑いや拍手も起こった。

急にロックビートが熄み、照明が暗転した。

ＢＧＭが吐息混じりの『ジュ・テーム・モワ・ノン・プリュ』に変わった。セルジュ・ゲンスブールとジェーン・バーキンの掛け合いだ。歌というよりも、睦言の遣り取りに近い。

ふたたび舞台のライトが灯った。

五人の男性ストリッパーは横一列に並び、腰を旋回させている。全員、ウルトラビキニのカラーブリーフ姿だった。照明が消えている間に、手早く下着を穿いたのだろう。前の部分は、もっこりと盛り上がっている。誇らしげに濃い陰毛を覗かせている男もいた。計算された演出なのだろう。

男たちは肉体美を誇示しながら、ひとりずつ順番にエプロンステージの先端まで歩いた。彼らが歩(ほ)を運ぶたびに、引き締まった腿や尻の筋肉が強調される。客の女たちは感嘆の声を洩(も)らし、うっとりと眺めている。

「ジミー、素敵よ」

「マイケル、あなたのディックを見せて！」

女たちが口々に言いながら、エプロンステージに殺到した。ディックとは、男性のシンボルを指す俗語(スラング)だ。

お気に入りの踊り手の肌をいとおしげに撫(な)で回し、どさくさに紛(まぎ)れて股の間をまさぐる。中には、大胆にもカラーブリーフの中に手を突っ込む女性までいた。

「握るのはルール違反よ」

客のひとりが妬(ねた)ましげに不心得者を詰(なじ)った。店内が、どっと沸(わ)いた。

やがて、五人は次々にステージを降り、客席を回りはじめた。女性たちはお目当ての男性ストリッパーが近づいてくると、競(きそ)ってカラー下着の中に千円札や五千円札を差し込む。

実業家らしき中年女性は、金髪青年のカラーブリーフに一万円札を何枚も挟んだ。揺れ動く紙幣は、孔雀の羽を連想させた。若い客たちが一斉にリッチな中年女性を睨みつけた。

五人の白人男は祝儀を弾んでくれた客をひとりひとり熱っぽく抱き締め、その頬に唇を寄せた。返礼のキスだ。

「エド、こっちに来てちょうだい」

客席の隅にいた三十歳前後の黒人女性が、一番人気のブロンド男性に英語で呼びかけた。

金髪の美青年は一瞬、顔をしかめた。しかし、エドは作り笑いを浮かべながら、キャリアウーマン風の黒人女性に歩み寄った。

「ジュディさん、ぼくの名前を気やすく呼ばないでくれないか」

「いいじゃないの、同じアメリカ人同士なんだから」

「ほかのお客さんに妙な誤解をされたくないんだ」

「臆病な坊やね。それより、きょうは少し弾んであげるわ」

ジュディと呼ばれた女はハンドバッグから二枚の百ドル紙幣を取り出し、それを顔の前でひらひらさせた。エドの目がにわかに輝く。

「嬉しい？」

「ああ、それはね」

「坊やが喜んでくれると、わたしも嬉しいわ。二百ドルは渡すけど、一つだけ条件があるの」

「何なんです、それは？」

「エドの男根（ディック）にキスさせてほしいの」

「ここで⁉」

「ええ、そうよ。早くブリーフを下げて」

「ふざけないでくれ。金は欲しいが、ぼくにもプライドがある」

「あんた、なに気取ってるのよ。大勢の女たちに媚（こび）を売ってて、何がプライドよっ。笑わせないで。ほら、お金欲しいでしょ」

ジュディがそう言い、エドの煽情（せんじょう）的な下着の中に二枚の百ドル札を突っ込もうとした。

すると、エドがジュディの黒い手を乱暴に振り払った。二枚の百ドル紙幣が通路に舞い落ちる。

「な、なんの真似（まね）よ！」

「金を恵んでもらうほど落ちぶれちゃいない。迷惑だ。とっとと帰ってくれ」

「あんた、何様のつもりなのよっ。本国じゃ、あんたなんか只の屑野郎じゃないの。日本の女たちはおつむが弱いから、金髪で青い瞳なら、ちやほやしてくれる。でもね、わたしは知ってるの。あんたがろくに新聞も読めない喰い詰め者だってことをね。あんたなんか最低よ」

ジュディが悪態をついた。

「うるせえ！」

「白人が肌の色で優越感を懐くなんて、時代錯誤も甚だしいわ」

「あんたこそ名門大学を出てるからって、大層な口をきくんじゃねえよ」

エドが逆上し、ジュディの顔面をバックハンドで殴りつけた。骨と肉が鈍く鳴った。

ジュディは椅子から転げ落ち、長く呻いた。

頭から鮮血が噴きはじめた。倒れたとき、裂傷を負ったのだろう。

「くそ女め、ぶっ殺してやる！」

エドが息巻き、ジュディの脇腹を思うさま蹴った。

ジュディは唸りながら、体を丸めた。踊り手仲間のカナダ人がエドを羽交いじめにして、興奮を鎮めさせた。店内は騒然となり、ショーは中止された。

「みなさん、お静かに！　料金は払い戻しいたしますので、どうか落ち着いてください」

店の支配人が客たちを大声でなだめ、電話で救急車を呼んだ。

第一章　謎の連続拉致

1

サイレンが耳を撲った。

すぐ背後から響いてきた。多門剛は反射的に振り返った。六本木通りの方から、一台の救急車が走ってくる。

少し先に、マンション風の造りのラブホテルがある。年配の男が若い女と情交中に腹上死しかけたのだろうか。

あるいは、金髪美人が拉致されそうになったのかもしれない。一カ月ほど前から、六本木で白人男女の拉致事件が頻発している。被害者は二十九人だ。黒人集団による謎の連続拉致事件は、毎日のように新聞やテレビで報じられている。しかし、事件は未解決のままだ。

多門は目で救急車を追った。

救急車はアミューズメントクラブ『ブルーナイト』の前で停まった。二人の救急隊員が担架を持って、慌ただしく店内に走り入った。

たちまち男性ストリップを売り物にしている店の前には、野次馬が集まりはじめた。多門も好奇心に駆られ、『ブルーナイト』の近くにたたずんだ。

周りにいた若い男たちが申し合わせたように、さりげなく多門から離れた。

三十六歳の多門は、他人に威圧感を与えるほどの大男である。

身長は百九十八センチだった。体重は九十一キロだ。羆のような巨躯だが、バランスはとれている。手脚は長い。筋肉質で、骨太だ。色も浅黒かった。

鋼のような逞しい体つきだった。ことに、肩と胸の筋肉が厚い。アメリカンフットボールのプロテクター並だ。

二の腕の筋肉は、ハムの塊の三倍近い。太腿は、女の腰ほどの太さがある。

そんな体型から、多門には〝熊〟という綽名がついていた。〝暴れ熊〟と呼ぶ者もいる。熊ほどではないが、多門は体毛が濃かった。手の甲は毛むくじゃらだ。

両手はグローブを連想させるほど大きい。手指はバナナのようだ。足も大きく、三十センチの特別注文の靴を履いている。

レスラー並の巨身だが、顔そのものは少しも厳つくない。やや面長の童顔で、どことなく母性本能をくすぐるような愛嬌がある。

笑うと、太い眉は極端に下がる。きっとした奥二重の両眼から凄みが消え、引き締まった唇も緩む。大きな鼻は親しみを誘う。

餓鬼大将がそのまま大人になったような面相が女たちの何かを刺激するのか、多門は異性に好かれる。

彼自身も無類の女好きだ。ベッドを共にしてくれる女友達は常に十人以上はいる。といっても、多門は単なる好色漢ではない。あらゆる女性を観音さまのように崇めていた。老若や美醜は問わないという徹底ぶりだった。

わけても惚れた女には、物心両面にわたって献身的に尽くす。それが多門の生き甲斐だった。

「何があったんです？」

三十四、五歳の色っぽい女が多門に話しかけてきた。和服姿だった。小料理屋の女将だろうか。

「わからないんだ」

「そう。六本木も得体の知れない外国人が多くなって、すっかり柄が悪くなってしまったわ」

「そうだね」

「わたし、六本木育ちなんだけど、夜遅くは街も歩けないわ」

「おたくの店はどこにあるのかな？　用事を済ませたら、飲みに行くよ」

多門は女の美しい項に目を当てながら、にこやかに言った。

「あら、残念ね。先々月まで外苑東通りに面した所でスタンド割烹をやってたんだけど、お店を畳んじゃったの」

「そいつは、もったいない話だな。なんで店を閉めちゃったの？」

「コロナのせいでお客さんが少なくなったから、思い切って田舎暮らしをする気になったの」

「六本木育ちだと言ったよね？」

「ええ、そう。都落ちよね。親から相続した不動産を処分して、八ケ岳の麓でのんびりと果樹園経営をすることにしたの」

「そういう暮らしも悪くないな。何か手助けしてやれそうなことはない？」

「悪い男性ね、年増をからかったりして」

小粋な女は多門を甘く睨み、ゆっくりと遠ざかっていった。

そのとき、『ブルーナイト』から担架が運び出された。担架に横たわっているのは、三十歳前後の黒人女性だった。頭部に怪我をしているようだ。女はアメリカ英語で、何か喚き散らしていた。エドという男の名前だけ聞き取れた。

担架が救急車に収められた。救急車はふたたびサイレンを鳴らしながら、穏やかに発進した。

野次馬たちが散りはじめる。

多門は先を急いだ。午後七時半に高級中国料理店で依頼人と会うことになっていた。あと六分で、約束の時刻だ。

多門は裏社会の始末屋である。言ってみれば、交渉人を兼ねた揉め事請負人だ。世の中には、表沙汰にはできない各種の揉め事が無数にある。多門は体を張って、さまざまなトラブルを解決しているのだ。

今回の依頼人は、ブランド品のリサイクルショップを首都圏で二十店舗近く経営している五十一歳の女性社長だった。商品の買い取りを拒まれた元暴力団員の故買屋が女社長の私生活の弱みを握って、五千万円の口止め料を要求した。

女性社長は元ホストを愛人にし、スナックの開業資金を用立てていた。そのことは、夫や二人の息子たちも知らない。

困り果てた女社長は知人を介して、多門に泣きついてきたわけだ。依頼人は河馬のような面相だったが、多門は二つ返事で仕事を引き受けた。

脅迫者の故買屋は四十二歳だった。五年前まで関東御三家の一つに数えられる広域暴力団に属していた男だが、金銭上のトラブルを起こし、破門されてしまったのである。その後は盗品を売り捌いて、細々と暮らしていたようだ。

たとえ交渉相手がアウトローでも、多門は少しも怯むことはない。彼自身、二十代の半ばから三十三歳まで新宿の関東義誠会田上組の組員だったからだ。

故買屋は巨身の多門をみたとたん、竦み上がった。そして、進んで女性社長に詫び状を認めた。わずか一時間足らずで事は片づいた。

成功報酬は三百万円の約束だった。悪くないビジネスだ。

ほどなく多門は、チャイニーズ・レストランに着いた。

依頼人の春日利枝は奥の個室席で待っていた。服もハンドバッグもブランド物だが、あまり似合っていない。

「こんなに早くカタをつけてもらえるなんて夢のようだわ。どうぞお掛けになって」

「はい」

多門は利枝と向かい合う位置に坐り、黒いカシミヤジャケットの内ポケットから故買屋の書いた詫び状を抓み出した。

利枝が洒落た老眼鏡をかけ、すぐに詫び状を読みはじめた。

「字が震えてるわ。前島の奴、よっぽど怖かったみたいね。いい気味だわ」

「もう前島が社長に近づくことはないと思いますが、何かあったら、遠慮なく言ってください」

「ええ、そうさせてもらうわ。でも、前島ももう下手なことはしないでしょう」

「なめた真似をしたら、奴の腕をへし折ってやる」

「頼もしいわ」

利枝が詫び状をハンドバッグの中にしまい、札束の詰まった茶封筒を取り出した。約束の謝礼だろう。

「三百万入ってます。どうぞ収めて」

「どうも！　電話で言ったように、領収証は切れません」

「ええ、結構よ」

「それじゃ、いただきます」

多門は茶封筒を受け取り、ちらりと中身を確かめた。帯封の掛かった百万円の束が三つ入っている。

「さ、食事にしましょう」

利枝が卓上の呼び鈴を押した。待つほどもなく黒服のウェイターがやってきた。

「お酒とお料理を運んでちょうだい」

女社長がウェイターに言い、細巻きのアメリカ煙草をくわえた。ウェイターが遠のく。

多門もロングピースに火を点けた。

「あなた、二十代の前半は陸上自衛隊第一空挺団にいらしたんですってね？」

「ええ、まあ」

「第一空挺団といったら、エリート自衛官の集まりでしょう？　なんで自衛隊を辞めちゃったの？」

利枝が問いかけてきた。

多門は曖昧に答えて、煙草を強く喫いつけた。ほろ苦い想い出が蘇った。

第一空挺団を辞めたのは上官の妻との恋に溺れたせいだ。二人は用心しながら、密会を重ねた。

しかし、ついに上官に秘密を知られてしまった。上官はひどく取り乱したが、なぜだか多門には何も言わなかった。自分の妻だけを口汚く罵り、しまいには暴力を振るった。

多門は黙って見てはいられなかった。ふと気がつくと、彼は上官を半殺しの目に遭わせていた。ここまできたら、何らかのけじめをつけなければならない。多門は上官夫人と本気で駆け落ちする気になった。

だが、上官夫人は傷ついた夫のそばから離れようとしなかった。多門は幾度も彼女の腕を摑んだ。しかし、そのつど振り払われてしまった。

思ってもみなかった反応だった。多門は敗北感に打ちのめされ、上官の家を飛び出した。どこをどう走ったのか、いまでもはっきりとは思い出せない。

部隊に戻れなくなった多門は、なんとなく新宿に流れついた。

何軒も酒場を飲み歩いた。酒では傷心は癒されなかった。五軒目のバーで田上組の組員たちとささいなことから口論になり、結局、大立ち回りを演じることになってしまった。

それが縁で、多門は田上組の盃を受けることになったわけだ。

柔道三段の多門は武闘派やくざとして、めきめきと頭角を現わした。二年数カ月後には、早くも舎弟頭になっていた。

それなりの役得があり、割に愉しかった。だが、組から与えられたデートガールたちの管理は苦痛だった。

多くのデートガールはドライに割り切って体を売っていた。組に自分たちの稼ぎの上前をはねられることにも抵抗はないようだった。組織に護られているからこそ、彼女たちは安心して売春で手っ取り早く稼げる。いわば、持ちつ持たれつの関係だった。どちらか一方が被害者ということではない。

そのことは承知していたが、どうしても多門は弱い女たちを喰い物にしているという罪悪感を拭えなかった。

やがて、多門は耐えられなくなった。足を洗ったのは、それから間もなくだった。すんなりと堅気になれたのは、多門は半ば客分扱いだったからだろう。指を詰めさせられることはなかったし、金銭を要求されたりもしなかった。

田上組を脱けると、多門は裏社会専門の始末屋になった。別に事務所を構えて看板を掲げたわけではない。それでも、仕事の依頼は切れ目なく舞い込んできた。

闇社会には、さまざまな欲望が渦巻いている。

金や女を巡るトラブルは跡を絶たない。欲と欲のせめぎ合いは凄まじい。当然、摩擦が生じる。捨て身で生きている人間は、決して自分の弱みを他人には見せない。うっかり弱点を晒け出したら、たちまち相手に喰われることになるからだ。

無法者たちのぶつかり合いは熾烈を極める。金のためなら、平気で恩人や愛人を裏切ったりする。殺人さえ厭わない者も少なくない。

多門の稼業は常に死と背中合わせだ。殺されそうになったことは、一度や二度ではない。ロシアン・マフィアやチャイニーズ・マフィアに命を狙われたこともあった。

危険なビジネスなだけに、成功報酬は悪くない。一件で二千万円の謝礼を得ることもある。

ここ数年は毎年一億円近く稼いでいる。しかも税務署に所得の申告をする必要はない収入だった。依頼人に領収証を求められることは、めったになかった。

高収入を得ながらも、ほとんど貯えはない。

多門は他人が呆れるほどの浪費家だった。気に入った高級クラブがあれば、ホステスごと店を一晩借り切ってしまう。ホステスや女友達が宝石や毛皮のコートを欲しがれば、その場で買い与えたりもする。

もともと惚れっぽい性質だ。気立てのいいセクシーな美女には、すぐ心を奪われてしまう。気丈な女も嫌いではない。

十六歳から五十歳までの女性は、すべて恋愛対象と考えている。事実、四十六歳の未亡人に心底惚れたことがあった。

おまけに多門は大酒飲みで、大食漢だった。酒代や食費も、ばかにならない。

多門はダンディーでもあった。身に着ける物は一級品でなければ、どうにも気が済まない。巨身ということもあって、服や靴はすべてオーダーメイドだった。

ウェイターが紹興酒や五目盛り合わせを運んできた。コースメニューの前菜は、ボリュームたっぷりだった。利枝が先に多門のグラスを満たし、自分のグラスにも紹興酒を注いだ。二人は軽くグラスを触れ合わせた。

「ここは北京料理がメインなの。何か苦手なものがあったら、遠慮なく言ってちょうだい。店の者に言って、そういう食材は外してもらうから」

「喰い物の好き嫌いはないんですよ」

「それなら、どんどん召し上がって」

「ええ、いただきます」

多門は中華箸を手に取り、オードブル皿からローストグースを抓み上げた。

思いのほかジューシーだった。水母も歯応えがあって、まずくない。中華ハムは舌の上で蕩けた。

「ご出身は東北だったかしら？」

「ええ、岩手です」

「東北の方は朴訥（ぼくとつ）だけど、裏表がないんでしょ？」

「それは、人によると思います」

「ええ、そうでしょうね」

「社長のとこは、だいぶ景気がいいみたいだな」

「おかげさまで儲けさせてもらってるわ。でも、時には精巧なコピー商品を買い取ったりして大損することもあるのよ」

「多くの女性は、どうして有名ブランド品に弱いんだろう？　生活費を切り詰めてまでＯＬや主婦がブランド物の服や装身具を買い集めるのは滑稽（こっけい）だがな」

「アンバランスよね、おっしゃるように。だけど、ふつうの女性はブランド品で着飾ることでしか優越感を味わえないんだと思う。男性たちと同じように社会で活躍できるのは、ごく一部の女性だけでしょ？」

「そうですね。まだまだ日本は男社会だからな」

「平凡な女性が自分を何とか大きく見せたいと思ったら、ブランド品を買い集めて見栄を張るぐらいしかないでしょ？」

「女性は生きてるだけで充分に価値があるのに」

「多門さん、本気でそう思ってらっしゃるの？」

「もちろん、本気ですよ。女性がいるからこそ、男たちは懸命に働けるわけです。もし女たちがこの世からいなくなったら、男たちは殺し合いをおっ始めて、やがて人類は滅亡すると思うな」

「女性の存在って、それほど尊いのかしら？」

利枝が小首を傾げ、紹興酒を口に運んだ。

「女性は偉大ですよ。そばにいてくれるだけで、男の気持ちを和ませてくれる。それに、女体は一種の芸術品です」

「そんなふうに男性に思ってもらえるのは、娘時代だけよ。こんな体型になっちゃったら、トドだの、アザラシだのとけなされるだけで、夫にも相手にされなくなっちゃう。わたしが若い男にうつつを抜かすようになったのも、元はといえば、うちの旦那がいけないのよ。育児や家事に追われ通しだったら、入念にメイクをしたり、お洒落をする余裕もなくなっちゃうわ」

「そうでしょうね」

多門は紹興酒を呷って、ロングピースをくわえた。利枝が、すかさず酌をする。

取り留めのない話をしていると、タイミングよく車海老のチリソース掛け、鮑とアスパラガスの旨煮、揚げ白身魚のオイスターオイル掛け、北京ダック、フカヒレの煮込みなどが次々にテーブルに並んだ。

健啖家の多門は紹興酒を飲みながら、出された料理をダイナミックに食べた。利枝は意外にも少食だった。

「豪快な食べっぷりね。見ていて気持ちがいいわ。単品で、もう二、三品追加しましょうか？」

「いや、社長の分もいただいたんで、もう腹いっぱいですよ」

「ほんとに？」

「ええ」

「それじゃ、デザートを持ってきてもらいましょう」

利枝が、また呼び鈴を鳴らした。

デザートのライチのシャーベットは、待つほどもなく運ばれてきた。多門はデザートも胃袋に収め、ようやくナプキンで口許を拭った。

「多門さんは、まだ独身だったわよね？」

「そうです。それが何か？」

「特定の女性はいらっしゃるの？」

「女友達は十人以上いますが、恋人と言えるような相手は特にいません」

「そうなの。それだけの体だから、ベッドの上でもパワフルなんでしょうね。ベッドを壊したこともあるんじゃない？」

「ええ、まあ」

「うわっ、凄い！」

利枝が若やいだ声ではしゃいだ。その眼には、紗のようなものがかかっていた。

多門は落ち着かなくなった。女性に言い寄られるのは、決して悪い気持ちではない。しかし、目の前の依頼人とは年齢差が大きすぎる。ルックスや体型も好みではなかった。

「大きいんでしょ？」

「え？」

「男性自身のサイズよ」

「この体ですから、それなりのサイズはあります」

「どこかで見てみたいわ」

「セックスのよしあしは、男のサイズじゃありませんよ。愛情とテクニックでしょ？」

「ええ、基本的にはそうよね。でも、やっぱり大きなシンボルには興味があるわ。わたしの顔にハンカチを被せてもいいから、一度お手合わせ願いたいわ」

利枝がそう言い、淫蕩な笑い声をたてた。

「ハンカチを被せるなんて、そんな失礼なことはできません」

「えっ、わたしでもオーケーなの？　それじゃ、すぐにホテルに行きましょうよ。帰りに三十万のお小遣いをあげるわ。もっと欲しい？」

「社長、ちょっと待ってください。こう見えても、おれはロマンティストなんですよ。メンタルな触れ合いがないと、女性とベッドインはできないんです」

「うまく逃げたわね。いいの、気にしないで。半分は冗談だったんだから」

「少し時間が欲しいな」

「無理しなくてもいいって。こんなおばさんの相手をしてないで、どこかで愉しく息抜きしなさいな」

「今夜は、ひとまず先に失礼します」

多門は札束の入った茶封筒を摑み、椅子から立ち上がった。

女社長の表情に険は浮かんでいなかった。多門は逃げるような気持ちで個室を出た。

2

ホステスは美女揃いだった。

十二人とも白人だ。いずれも若く、プロポーションが素晴らしい。

多門は高級クラブ『グローバル』でスコッチのロックを傾けていた。店は鳥居坂に面していた。まだ九時前だった。客は三組しか入っていない。

多門は三人のホステスを侍らせていた。アメリカ人、フランス人、オーストラリア人の三人だった。

この店に飲みに来たのは初めてだ。少し離れた場所にあるロシアン・クラブには何度か通ったことがあった。その店のホステスに、『グローバル』のことを教えてもらったのだ。

「日本人の客が多いんだろ？」

多門は正面に坐ったシンディに訊いた。

栗毛のシンディはアメリカ人で、二十二歳らしい。スティールブルーの瞳は、まるでビー玉だ。

「そう、たいていお客さんは日本人ね」

シンディがたどたどしい日本語で答えた。

「日本の男たちはどう?」

「みんな、優しいね。でも、誰もが少しおどおどしてる」

「それは、きみが飛び切りの美人だからだろう」

「ううん、それだけじゃないと思うわ。アジアの人たち、白人にちょっと遠慮しすぎ。それ、よくないこと」

「東洋人は、なんとなく西洋人にコンプレックスを持ってるんだよ。一般的に白人のほうが体格がいいし、マスクもいいしな」

「その考え、おかしいわ。東洋人には東洋人のよさがたくさんあるでしょう?」

「ああ、それはな」

「異質なものに憧れるのはよくわかるけど、日本人はもっと堂々とすべきよ。白人だって、軽蔑(けいべつ)したくなるような人間がいっぱいいるわ」

「シンディちゃんは日本が好きなんだな」

「ええ、好きよ。日本人もとっても好き。だから、いつか日本人男性と結婚したいと思ってるの」

「それじゃ、指輪のサイズを聞いとこう」

「えっ？」

「結婚式は鳥居坂教会で挙げるか。それとも、霊南坂教会にするかい？　シンディちゃんの好きなほうにしなよ」

多門は言った。

「わたしとあなたが結婚するの⁉」

「そう。似合いのカップルだと思うがな」

「あなたとは、きょう初めて会ったばかり。わたし、あなたのこと、何も知らない」

「今夜、ベッドでおれのすべてを教えてやるよ。おれも、シンディちゃんの体の隅々まで知りたいな」

「あなた、スケベね」

シンディが両手を拡げ、肩を竦めた。一拍置いて、オーストラリア人のマギーが口を開いた。

「わたし、スケベ大好き。一晩だけなら、あなたと結婚してもいい」

「金が欲しいんだな？」

「そう。わたしが働いてる語学学校、潰れるかもしれない。三カ月分の給料、まだ貰ってないの。生活、大変ね。わたし、今夜だけ、あなたの妻になってもいい。その代わり、十万円くれる？」

「自分をあんまり安売りしないほうがいいな。暮らしがきついんだったら、おれが銭を出世払いで貸してやるよ」

多門は上着の内ポケットから百万円の束を取り出し、すぐに帯封を破った。

「あなた、リッチなのね」

「そうでもないんだが、女性が困ってると聞いたら、何かサポートしたくなるんだ。好きなだけ抜きなよ」

「ほんとにいいの？」

マギーが探るような眼差しを向けてきた。

多門は黙ってうなずいた。そのすぐ後、フランス人のカトリーヌが癖のある日本語でマギーに言った。

「お金のため、自尊心を棄てちゃ駄目！」

「それはそうだけど、わたし、ワンルームマンションの家賃も払ってない。それ、辛いことよ」

「お金は、お店から前借りしなさい。五万ぐらいなら、わたし、貸してもいい」

「マギー、カトリーヌの言う通りね。初めてのお客さんに甘えること、それ、よくないわ」

シンディが口を挟んだ。マギーは二人の同僚の顔を交互にうかがったが、まだ迷っている様子だ。

「おれが悪かったよ。親切の押し売りはよくないよな。こいつは、しまおう」

多門は札束を上着の内ポケットに戻した。

マギーが小さな溜息をついた。カトリーヌがトム・コリンズで喉を潤してから、多門の顔を見据えた。

「間違ってたら、わたし、謝る。お客さんは白人ホステスにお金を恵んでやって、優越感を味わいたいと思ってたんでしょ？」

「そこまで深く考えちゃいなかったんだ。マギーちゃんが困ってるようだったんで、つい余計な真似をしてしまったんだよ」

「わたしたち、白人だというだけで、日本でいい思いをさせてもらってるね。ここの時給は七千円だし、雑誌モデルのアルバイトをしてる人たちもたくさんいる。同じ外国人ホステスでも、東南アジア系や中国人は時給が半分以下ね」

「そうだろうな」

「日本人は欧米人を大事にしてるけど、わたしたちがそれに甘えるのはよくないこと。わたしは好きじゃない、そういうこと」

「カトリーヌちゃん、いいこと言うじゃないか。気に入ったぜ。カクテル、どんどんお代わりしてくれ」

「それも甘やかしね」

「あんまり堅く考えるなって。肌の色とか国籍なんか関係なく、おれはすべての女性が好きなんだよ。どの女も労ってあげたいし、護ってやりてえんだ」

「そういう騎士道精神は、女性を一人前の人間と見てないからなんじゃない？　あなたの優しさはフェミニズムじゃないわ」

「手厳しいな。堅い話はともかく、みんなで愉しく飲もうや」

多門は黒服の男を手招きし、三人のホステスに新しいカクテルを振る舞った。

「突っかかるような言い方して、ごめんなさい」

カトリーヌが、しおらしく謝った。

「別に気にしてないよ。むしろ、きみに教えられた感じだな」

「わたし、坂本龍馬の生き方が好きなの。日本人男性は、もっとサムライでいてほしいね。龍馬みたいな男たちと出会えると思って、日本の大学に留学したんだけど……」

「日本に来たら、骨なし野郎ばかりだった?」

「ええ、少しがっかりね」

「こういう時代だから、去勢されたような野郎が多くなったよな。でも、まだ漢といえるような日本男児もいるよ」

「どこにいる?」

「具体的には答えられないが、きっと日本のどこかに凛とした生き方をしている漢がいるにちがいない。そいつに出会えるまで、ずっと日本にいなよ」

「おばあさんになっちゃいそう」

「それも人生さ」

多門は豪快に笑った。カトリーヌがほほえんだ。表情はすっかり和んでいた。

「最近の六本木は、なんか物騒だな。一カ月ぐらい前から六本木を遊び場にしてる白人の男女が二十九人も正体不明の黒人集団に拉致されたよな?」

多門は誰にともなく言った。最初に口を開いたのはシンディだった。

「わたしの知り合いのエリザベスって娘も、二週間ぐらい前に三人の黒人男性に無理矢理ワンボックスカーに乗せられて、どこかに連れ去られちゃったの。リズのことがとっても心配……」

「おれは月に一度ぐらいしか六本木には遊びに来ないんで、よく事情がわからないんだ。だいぶ前から白人グループと黒人グループの対立はあったのかな？」

「麻薬をやってる連中は夏前から、ちょくちょく路上で殴り合ったりしてた。日本人の女の子の取り合いとか、領域を侵したとかなんとかでね。でも、真面目な白人と黒人はそんな野蛮なことはしてない。暴れたり、悪いことしてるのはフリーターたちね」

「フリーターなんて言葉、よく知ってるなあ」

「それ、みんな、知ってるね。渋谷系、陽灼けサロン、半グレ集団、パパ活の意味もちゃんとわかるよ」

「デリバリーヘルスは？」

「それ、わからない。変な英語ね」

「風俗店関係の人間が考えた和製英語だろうな。要するに、電話一本で自宅やホテルに性的サービスをしてくれる女の子を呼べるってシステムだよ。警察に営業届を出せば、誰でも商売ができるようになったんだ。やくざだけじゃなく、リストラ退職者や大学生も新商売に参入してるって話だな」

「そうなの。それ、知らなかった」

「話を横道に逸らしてしまったな。シンディちゃんは、危ない目に遭ったことはないんだ？」

「そう、わたしはね。でも、マギーが一昨日(おととい)の夜、黒人の男たちに取り囲まれそうになった。それ、ほんとの話ね」

「それは怖かったろうな」

多門はマギーに顔を向けた。

「とっても怖かったよ、わたし」

「相手は何人だったのかな？」

「三人ね」

「何か言われたのかい？」

「男たち、誰も喋(しゃべ)らなかった。暗がりから急に出てきて、わたしを取り囲んだ。そのとき、たまたま知り合いのカナダ人商社マンが通りかかったの。とっさにわたし、その彼の名前を大声で呼んだ。そうしたら、三人の黒人、すうーっと離れていった。わたし、スナッチされるかと思ったよ」

「スナッチというのは、誘拐だったっけ？」

「そう。とにかく怖くて、体が震えちゃった」

マギーが言った。ややあって、カトリーヌが会話に加わった。

「一部の日本人女性は黒人男性を逆ナンパしてるけど、六本木では欧米系の白人男性のほうがモテてる。日本人男性も、白人の女性と親しくなりたがってる。特にブロンドの女の子はタレント扱いね。黒人男性の中には、そういうことに腹を立ててる人がいるんじゃない？」

「そうなんだろうか」

「フランスで働いてるアルジェリア人の男性たちも、ヨーロッパ出身の男たちがモテることを面白くないと思ってる」

「肌の色で差別されてると思ってるんだろうな」

「ええ、そうね。実際には肌の色で差別されてるというよりも、経済力とか教養とかでヨーロッパ人よりも魅力がないとフランス人女性は判断してるんでしょうけど」

「日本で人種対立を起こされるのは、迷惑な話だな」

「それは、その通りね。でも、日本人にも少しは責任があるわ。この国では、いまも白人を崇拝(すうはい)してるようなところがあるでしょ？　ちょっときれいな白人ならモデルになれるし、アルバイトでも高給を得られる。語学学校の先生も多国籍クラブのホステスも圧倒的に白人が多いでしょ？」

「そうだな、確かに」

「黒人が白人たちをやっかむのは、ある程度、仕方がない」

「カトリーヌ、やけに黒人の肩を持つわね」

シンディが言った。

「別に、そうじゃない。公平な目で見て、そう思っただけ」

「黒人男性は性的にはパワフルよ。だけどね、知性という点では劣るんじゃない？」

「それは偏見だわ。能力という点では、白人も黒人もなんら変わりはない。経済的な理由で大学に行けなかった黒人層が少なくないことは事実だけど、教養と人間の価値はイコールじゃないわ」

カトリーヌが力んで言った。多門は相槌を打った。

そのとき、シンディが呆れ顔でカトリーヌに言った。

「どうして、あなたはいつも退屈な話をするの？　わたし、わからない。お客さんたちは息抜きに来てる。もっと明るい話をしたほうがいいと思う」

「真面目な話をすること、なぜ悪いの？　わたしこそ、それがわからない」

「フランス人って、頑固ね。それから、ちょっと意地悪よ。わたしがパリに行ったとき、カフェやブティックの従業員は英語で話しかけても、絶対にフランス語しか喋らなかった。きっと世界でフランスが一番、文化度が高いと思ってるんじゃない？　そうだとしたら、それ、間違ってる。思い上がりよ」

「思い上がってる国民は、アメリカ人のほうでしょ！　世界の共通語は英語だと思ってるし、世界のリーダー気取りだもの」

「アメリカは大国よ。リーダーシップを執ったって、何も問題はないでしょ？」

「そういう考えが思い上がってるのよ」

「二人とも少し頭を冷やせって」

多門はシンディとカトリーヌの顔を等分に見ながら、苦く笑った。マギーが二人の同僚をなだめる。

シンディとカトリーヌは詫び合って、ぎこちなく握手した。二人が握手を解いたとき、店の出入口近くで黒服の従業員が悲鳴を放った。

多門は出入口に視線を向けた。

黒服を着た若い男の両側には、二人の黒人が立っていた。どちらも二十代の半ばで、上背があった。片方の男は、濃紺のスポーツキャップを被っていた。もうひとりは、口髭を生やしている。

二人とも、サイレンサー付きの自動拳銃を握っていた。遠すぎて型まではわからない。

「女性だけ全員、こちらに来てもらえませんか」

黒服の従業員が震え声で言った。

二人組の黒人は、この店の白人ホステスを拉致する気なのかもしれない。

多門は三人のホステスに目顔（めがお）でソファの背凭（もた）れの陰に隠れろと告げた。しかし、シンディたち三人は、きょとんとしたままだった。

「女性のみなさん、早くこっちに来てください。この人たちの言う通りにしないと、お客さまに危害を加えられる恐れがあるんです」

黒服の男が顔面を引き攣（つ）らせながら、また大声で訴えた。十二人の白人ホステスたちは身を強張（こわば）らせ、誰ひとりとして立ち上がろうとしない。

スポーツキャップを被った二人組の片割れが焦（じ）れて、天井のシャンデリアをいきなり撃ち砕（くだ）いた。破片が派手に飛び散り、ホステスたちがさらに怯（おび）えはじめた。

「女たち、すぐ来い！」

口髭をたくわえた黒人が短い英語で言って、フロアの中央まで進み出た。右手に握られているのは、ヘッケラー&コッホP7だった。ドイツ製の高性能拳銃だ。

大口径オートマチックながら、全長は十七センチほどしかない。最大の特徴はスクイーズ・コッカーが採（と）り入れられていることだ。銃把（グリップ）前方のレバーを強く握るだけで、自動的にコックされる造りになっている。

ガスピストンが採用され、スライドの滑りがいい。弾倉には、九ミリのパラベラム弾が八発収まる。予め初弾を薬室に送り込んでおけば、フル装弾数は九発だ。

「早くしろ！」

口髭の男が怒鳴って、天井に向けて一発ぶっ放した。

ホステスと客たちが一斉に上体を屈める。

「三人とも動くな。おれが何とかする」

多門はカトリーヌたちに言って、のっそりと立ち上がった。すぐに口髭の男が走り寄ってきた。

「立つな」

「小便してえんだよ。ちょっとトイレに行かせろや」

「それ、駄目！　おまえ、我慢する。オーケー？」

「無茶言うねえ。漏れそうなんだ」

多門は言いざま、相手の向こう臑を三十センチのローファーで蹴りつけた。

口髭の男が短く呻き、前屈みになった。多門は相手の右手首を捉え、椰子の実大の膝頭で睾丸を蹴り上げた。口髭の男の腰が沈んだ。

多門は素早く消音器付きの自動拳銃を奪い、大腰で相手を床に投げ飛ばした。柔道の投げ技の一つだ。口髭の男は横倒しに転がった。

多門は踏み込んで、靴の先を相手の鳩尾（みぞおち）にめり込ませた。相手は散弾を喰らった大型獣のように転げ回りはじめた。

「こいつの頭をミンチにされたくなかったら、武器を足許（あしもと）に置くんだな」

多門は拳銃を構えながら、スポーツキャップの男に怒鳴った。

男は黒服の従業員のこめかみにサイレンサーの先を押し当て、にやりと笑った。零（こぼ）れた歯は妙に白く見えた。肌が黒いせいだろう。

「わかった。それじゃ、弾除（たまよ）けの交換をしようじゃねえか」

多門は提案した。

スポーツキャップを目深（まぶか）に被った男が無言でうなずいた。多門は口髭の男を摑み起こし、その背を押した。スポーツキャップの男は店の従業員に銃口を向けたまま、じっと動かない。

無理をすれば、スポーツキャップの男を一瞬早く撃ち倒せるだろう。しかし、それは危険な賭けだった。

すでに相手の人差し指は深く引き金（トリガー）に巻きついている。おそらく引き金の遊びはぎりぎりまで絞られているのだろう。下手をしたら、黒服の従業員はまともに頭部を撃ち抜かれることになる。ここは、勝負に出ないほうがよさそうだ。

多門は、おとなしく人質の交換に応じた。

その直後、スポーツキャップの男が多門に銃口を向けてきた。多門は横に跳び、近くのソファにダイビングした。

かすかな発射音がして、放たれた銃弾がソファの背凭れを突き抜けた。

九ミリ弾は白壁に埋まった。多門は体勢を立て直し、ヘッケラー&コッホP7の銃把を両手で保持した。二人組の黒人は背を見せ、店から逃げようとしていた。

多門は上着の裾で拳銃を隠しながら、男たちを追った。『グローバル』は、飲食店ビルの二階にある。

多門は階段を駆け降り、外に走り出た。ちょうど一台のマイクロバスが急発進したところだった。

店に押し入った二人組は、マイクロバスの中に逃げ込んだようだ。多門は怒号を放ちながら、マイクロバスを追いはじめた。

だが、みるみる引き離されていく。マイクロバスがどこかで赤信号に引っかかるかもしれない。多門は追いつづけた。やがて、マイクロバスは点のように小さくなった。マイクロバスのナンバープレートは外されていた。

多門は追うのを諦め、消音器付きの自動拳銃を腰の後ろに差し込んだ。

『グローバル』に戻ると、ほかの客たちが帰り仕度をしていた。どの顔も蒼ざめている。

黒服の従業員が多門に気づき、小走りに走り寄ってきた。

「お客さま、ありがとうございました。おかげで、命拾いできました」

「奴らは、以前にもここに来たことがあるのかな？」

「いいえ、一度もありません」

「なら、連続拉致事件の犯人グループのメンバーなのかもしれないな」

「ええ、そうなんだと思います。あの二人は、うちの女の子たちをどこかに連れ去ろうとしてたようですので」

「明日からガードマンを三、四人雇ったほうがいいな」

「オーナーに相談してみます。お客さまに救けていただいたことを電話でオーナーに伝えましたら、ぜひ直接ご挨拶したいと申しまして。オーナーの自宅は乃木坂にあるんです。車で店に向かっていますので、もうしばらくお待ちいただけますか？」

「挨拶なんて必要ない。おれは当然のことをしただけだからな」

「いえ、なかなか真似のできることではありません。オーナーはすぐに店を閉めて、十二人の女の子全員でお客さまのおもてなしをするよう申しておりますので、まだお帰りにならないでください」

「オーナーは、こっち関係なんだろ?」

多門は人差し指で自分の頬を斜めに撫でた。

「いいえ、オーナーは堅気の実業家です。伊勢哲司(いせてつじ)といいます。イタリアン・レストランやクラフトショップなどの経営もしてるんです」

「ふうん」

「失礼ですが、お客さまはどちらの組のお方なのでしょう?」

黒服の男が伏し目がちに訊いた。

「おれはヤー公じゃない」

「こ、これは大変失礼なことを申してしまいました。どうかお赦(ゆる)しください」

「いいさ。昔は、ある組の世話になってたんだから、半分は当たってるよ。いまはコンサルタントみたいなことをしてる」

「そうでございますか。とにかく、お席にお戻りください」

「十二人ものホステスさんを独り占めできるんなら、断る手はないか」

多門は自分のテーブルに足を向けた。

3

香水の匂いが濃い。

多門は十二人の白人ホステスに取り囲まれていた。ミスインターナショナルの世界大会の控室に紛れ込んだような気分だった。

大理石のテーブルには、最高級のブランデーやシャンパンが何本も置かれている。フルーツスタンドには、マンゴーやパパイヤが盛りつけられていた。

ホステスたちの国籍は、アメリカ、イギリス、フランス、ドイツ、ベルギー、イタリア、スペイン、カナダ、オーストラリアの九カ国にのぼった。

「さっきのあなた、アクションスターみたいでカッコよかったわよ」

イタリア人のロザンナが達者な日本語を操った。

「日本語、うまいな。こっちの生活は長いんだろ？」

「ちょうど十年目ね。父の仕事で十三歳のときに、一家で日本に移住したの」

「それだけ長く住んでりゃ、日本の男と恋愛したことも一度ぐらいはありそうだな」

「好きになった相手は、いつも日本人男性だったわ。でも、なぜかフラれちゃうの。ラテン系の女は情熱的すぎるのかもしれないわね」

「毎晩、ベッドで激しく求めちゃうんだ？」

「セックスはともかく、わたし、いつも好きな男のそばにいたいの。相手がトイレに入ってるときも、ドア越しに話しかけちゃうのよ」

「そりゃ、落ち着かないな。出るものも出なくなっちまう」

多門は言った。ホステスたちが、どっと笑った。

そのとき、黒服のフロアマネージャーが四十年配のダンディーな男とともに歩み寄ってきた。男は店のオーナーの伊勢哲司だった。

多門はソファに坐ったまま、名乗った。名刺は出さなかった。

伊勢は名刺を差し出し、向かい合う位置に腰かけた。フロアマネージャーがドン・ペリニヨンの栓(せん)を抜き、二つのシャンパングラスを満たした。

多門と伊勢は、それぞれシャンパングラスを手に取った。フロアマネージャーが十二人のホステスを隅のテーブルに移動させた。

乾杯すると、伊勢が仕立てのよさそうな灰色の上着から小切手を取り出した。額面は五十万円だった。

「これは、ささやかなお礼です。どうかご笑納(しょうのう)ください」

「その小切手は、マギーにやってくれないか」

「マギーが気に入られたんですね？　そういうことでしたら、今夜は彼女に多門さんのお世話をさせましょう」

「オーナー、勘違いしないでほしいな。おれはマギーをベッドに誘いたいと思ってるわけじゃない。彼女、語学学校の給料を三カ月分も貰ってないとぼやいてたんでね」

「そのことは、まったく知りませんでした。わたしに話してくれたら、いくらでも前借りに応じましたのに」

「その五十万は、マギーに回してやってほしいな。おれのほうは、謝礼なんかいらない」

多門はロングピースに火を点けた。

「しかし、それではこちらの気持ちが済みません」

「それじゃ、きょうの勘定はチャラにしてもらうか」

「当然、お勘定をいただくつもりはありませんでした。それとは別に、この小切手をお受け取りください。もちろん、マギーには給料の早出しをしてやるつもりです」

「おれは礼なんか受け取れない」

「わかりました。これは引っ込めます」

伊勢が小切手を上着の内ポケットに戻した。

「黒服の彼にも言ったんだが、ガードマンを何人か雇ったほうがいいと思うな」

「そのことは、フロアマネージャーの小林(こばやし)から聞いております。そこでご相談なんですが、多門さんにこの店の用心棒をやっていただくわけにはいきませんでしょうか？　月に二百万は保証します」

「せっかくだが、こっちは何かに縛られるのが苦手なんだ」

「そうですか。残念ですが、そういうことでしたら、諦めましょう」

「申し訳ない。今夜は、かえって迷惑をかけた感じだが、ご馳走になろうか。そろそろ……」

「多門さん、まだいいじゃありませんか。ゆっくり飲みましょうよ」

「次の機会につき合います」

多門は巨身をソファから浮かせた。白人ホステスたちに手を振り、出入口に向かった。伊勢とフロアマネージャーに見送られて飲食店ビルを出る。

多門はロア六本木ビルの裏通りまで歩いた。

路上に駐(と)めておいたメタリックブラウンのボルボXC40に乗り込み、エンジンをかけた。ほとんど同時に、スマートフォンの着信音が響きはじめた。

スマートフォンを口許に近づけると、女友達の中里亜弓の声が流れてきた。

「クマさん、忙しい？」

「亜弓ちゃんは、おれの心が読めるんだな」

「えっ、どういうこと？」

「急に亜弓ちゃんに会いたくなって、これから麻布十番のアパートに行こうと思ってたんだ」

「相変わらず、調子がいいわね。大勢の女たちに似たようなことを言ってるんでしょ」

「悲しいことを言わないでくれよ。おれは亜弓ちゃんに尽くすため、この世に生まれてきた男だぜ」

「よく言うわ。いま、どこにいるの？」

「六本木のロアビルの裏だよ」

「あら、目と鼻の先じゃないの。よかったら、わたしの部屋に遊びに来ない？」

「嬉しいお誘いだね。五、六分で、そっちに行く」

多門は電話を切り、急いでボルボを走らせはじめた。

二十六歳の亜弓は、腕のいいエステティシャンである。飲酒運転の常習犯だった。大手のエステティックサロンに勤めていた。

多門は鳥居坂に出ると麻布十番に向かった。

麻布十番は六本木交差点から徒歩で十五、六分離れているだけだが、下町の風情が色濃い。商店街には、昔ながらの金物屋や雑貨屋などが軒を連ねている。

九代もつづく更科堀井総本家がある。豆菓子の老舗『豆源』も健在だ。

亜弓のアパートは、たい焼きやあんみつで有名な浪花屋総本店の裏手にある。軽量鉄骨造りの二階建てだった。

そのアパートの横にボルボを駐め、多門は亜弓の部屋に急いだ。一〇五号室だ。

インターフォンを鳴らすと、すぐに亜弓が姿を見せた。

「また、きれいになったな。そのへんの女優が裸足で逃げていくんじゃないか」

多門は後ろ手に玄関ドアを閉め、亜弓を抱き寄せた。二人は軽く唇を重ねた。

「亜弓ちゃんに早く会いたくて、手ぶらで来ちゃったよ。後で、好きな物を買ってくれ」

多門は懐から無造作に一万円札を十枚ほど抜き取って、亜弓に握らせた。

「こんなにたくさん⁉」

「金は天下の回りものさ。気にしないで受け取ってくれよ」

「ありがとう。それじゃ、遠慮なくいただくわ。飲んでるみたいだけど、カリフォルニアワインを軽く飲る?」

亜弓が言った。

多門はうなずき、靴を脱いだ。間取りは1DKだ。手前に六畳ほどのダイニングキッチンがあり、右手にトイレと浴室がある。

奥の居室は八畳だった。左手にセミダブルのベッドがあり、右手には洋服箪笥やドレッサーが並んでいる。ベランダ側にはCDミニコンポとテレビが置いてあった。

部屋の中央には、ガラステーブルが据え置かれている。二人はガラステーブルを挟んで、カリフォルニアワインを傾けはじめた。

安い白ワインだが、味は悪くない。つまみは、レーズンバターとアーモンドだった。

ワインの罎は、三十分そこそこで空になった。

「ちょっと汗を流してくる」

多門はジャンボクッションから腰を浮かせ、浴室に入った。全身にボディーソープ液を塗りたくり、熱めのシャワーを浴びた。

全裸のまま、浴室を出る。亜弓はベッドの中にいた。剝き出しの白い肩がなまめかしい。

多門はベッドに歩み寄り、羽毛蒲団を大きく捲った。

素っ裸の亜弓が一瞬、体を縮めた。トロピカルフルーツを想(おも)わせる胸の隆起は、まだ張りを失っていない。

逆三角形に繋った飾り毛は、霞草(かすみそう)のように煙(けむ)っている。肌の色は、抜けるように白い。ウエストのくびれも深かった。腰は豊かに張っている。

「このベッドじゃ、ちょっと狭いわね。そのうち、ダブルベッドを買うわ」

亜弓がそう言い、ベッドの片側に身を寄せた。多門は添い寝をする形で横たわった。

「三週間ぶりね」

亜弓が言って、軽く瞼(まぶた)を閉じた。

多門は唇を重ねた。二人は、ひとしきり唇をついばみ合った。それから舌を深く絡(から)めた。

多門は亜弓のセミロングの髪をまさぐり、もう一方の手で柔肌を撫ではじめた。鞣革(なめしがわ)のような手触りだ。乳首は早くも硬く張り詰めていた。胸の蕾(つぼみ)を指の間に挟みつけ、乳房全体を揉む。

そうしながら、多門は唇を亜弓の耳に移した。耳朶(みみたぶ)を甘咬(あまが)みし、尖(とが)らせた舌を耳の奥に潜(もぐ)らせる。亜弓が猥(みだ)りがわしい声を洩らし、裸身をくねらせた。まるで魚のようだった。

多門は亜弓の首筋や鎖骨のくぼみを舌で丹念になぞり、左の乳首を吸いつけた。

亜弓の体が小さく反った。乳首を転がすように舐めると、彼女は喘ぎはじめた。それは、じきに切なげな呻き声に変わった。

多門は二つの蕾を交互に舌と唇で慈しみながら、秘めやかな部分に指を這わせた。

亜弓はすぐ反応した。いつの間にか、顎は上向いていた。口は半開きだった。舌がくねくねと妖しく舞っている。多門はベーシストのように、太くて長い指を大きく躍らせた。

「わたしも、多門さんに触れたいわ」

亜弓が切迫した声で口走り、腕を伸ばしてきた。

すぐに多門は握られた。亜弓は根元を強く幾度か搾った。

多門は、ほどなく猛った。すると、亜弓は先端を集中的に愛撫しはじめた。情感の籠った愛撫だった。

多門は頃合を計って、亜弓のはざまに顔を寄せた。

珊瑚色のクレバスは小舟のように綻び、ひっそりと息づいている。多門は這いつくばって、ピンクの真珠に熱い息を吹きかけた。

亜弓が嫋々とした声をあげ、尻をもぞもぞとさせた。その動きは、男の欲情をひどくそそった。

多門は秘めやかな肉を下から舐め上げはじめた。愛らしい肉の芽を舌で甘く嬲ると、亜弓は啜り泣くような声を洩らしはじめた。いくらも経たないうちに、彼女は最初の極みに駆け昇った。

スキャットのような悦びの声を撒き散らしながら、亜弓は幾度も裸身を震わせた。胸の波動が小さくなると、多門は指を潜らせた。

Gスポットは瘤のように盛り上がっていた。

多門はGスポットを刺激し、内奥の襞をこそぐる。感じやすい突起は口に含んだままだった。

亜弓は呆気なく二度目のエクスタシーに達した。

多門は内腿で、顔をきつく挟まれた。沈めた中指には、鋭い緊縮感が伝わってきた。軽く引いただけでは、指は抜けなかった。

愉悦の嵐が凪ぐと、亜弓が発条仕掛けの人形のように上体を起こした。彼女は、軽く多門の胸板を押した。仰向けになれということだろう。多門はシーツに背を密着させた。

亜弓が多門の股の間にうずくまった。

すぐに生温かい舌がまとわりついてきた。多門は亜弓の髪を撫ではじめた。亜弓の舌技は巧みだった。

「そのまま、ターンしてけろ」

多門は思わず口走った。極度に興奮すると、自然に岩手弁が出てしまう。喧嘩のときも、同じだった。

「亜弓ちゃん、聞こえながったのけ？」

「聞こえたけど、恥ずかしいわ」

亜弓がそう言いながらも、器用に体の向きを変えた。ペニスをくわえたままだった。

二人は息が上がるまで口唇愛撫を施し合った。

やがて、正常位で体を繋いだ。角笛のように反り返った分身を埋めると、襞の群れが吸いついてきた。

多門は六、七回浅く突き、一気に押し入った。ペニスが子宮を突くたびに、亜弓は長く呻いた。

多門はラストスパートをかけた。

十数秒後、亜弓が快楽のうねりに呑まれた。彼女は女豹のように吼え、裸身をリズミカルに震わせた。

多門は突き、捻り、また突いた。

不意に背筋が立った。次の瞬間、痺れを伴った快感が腰から脳天まで突き抜けた。頭の芯が白く霞んだ。

多門は勢いよく放った。

亜弓が甘美な叫びを轟かせた。余韻は深かった。二人は、しばらく動かなかった。

4

路地から人間が飛び出してきた。

二十七、八歳の美女だった。ベージュのパンツスーツに身を包んでいる。

多門は急ブレーキをかけた。

六本木の芋洗坂の途中だった。亜弓のアパートを辞去したのは六、七分前だ。時刻は午前零時近かった。

女がよろけて、路上に倒れた。ボルボの数メートル先だった。

細面の美しい女は顔を歪めている。足首を捻挫したのかもしれない。

多門は車を路肩に寄せ、すぐ外に降り立った。

そのとき、女が弾かれたように身を起こした。その目は、路地の奥に注がれていた。

どうやら誰かに追われているらしい。

「怪我はない？」

多門は女性に声をかけた。

と、相手が多門に縋りついてきた。

「救けて！　救けてください」

「どうしたんだ？」

「変な男に追われてるんです」

「わかった。おれが追っ払ってやろう」

多門は美女を背の後ろに庇い、路地に目をやった。

ちょうどそのとき、黒人の巨漢が路地から現われた。優に二メートルはある。体格もよかった。二十代の後半だろうか。カジュアルな服装だった。

「消えな」

多門は相手に言った。すると、黒人の大男が片言の日本語で喚いた。

「消えるの、おまえね。わたし、その女に用がある」

「いいから、路地に戻れっ」

多門は言いながら、数歩踏み出した。

大男は怯(ひる)まなかった。大股で歩み寄ってきて、右のロングフックを繰り出した。

多門はパンチを躱(かわ)し、相手の眉間(みけん)に頭突きを見舞った。骨が鈍く鳴った。

巨漢の腰が砕けた。

多門は相手に隙(すき)を与えなかった。大男に組みつき、足払いを掛けた。黒人は横倒しに転がった。野太く唸(うな)った。

すかさず多門は、相手の顔面と腹を蹴った。

連続蹴りは決まった。大男は四肢を縮め、苦しげに呻いている。

「女性に恐怖心を与える野郎は、救いようのない屑(くず)だ。てめえなんか、早くくたばりゃいいんだっ」

多門は言い捨て、巨漢に背を向けた。

そのとき、美女が何か切迫した叫びをあげた。多門は体ごと振り返った。黒い肌の大男が頭を低くして、傷ついた闘牛のように突っ込んでくる。

多門は相手を充分に引き寄せてから、巴(ともえ)投げを掛けた。巨漢は宙を泳ぎ、後方に引っくり返った。仰向けだ。

多門は敏捷に跳(は)ね起きた。

体を反転させたとき、黒人の大男が身を起こした。その右手には、フォールディング・ナイフが握られていた。刃渡りは十五、六センチだろうか。

「逃げて、逃げてください！」

ボルボの向こう側で、パンツスーツの女が高く言った。

「大丈夫だ。きみは、そこにいてくれ」

「でも、相手はナイフを持ってるんですよ」

「どうってことないさ」

多門は美しい女に言って、大男との間合いを詰めた。

ボルボのグローブボックスの中には、『グローバル』で二人組の片割れから奪った消音器付きの自動拳銃が入っている。形勢が不利になったら、ヘッケラー&コッホＰ７をちらつかせればいい。

「わたし、怒った。おまえ、殺す！」

大男がフォールディング・ナイフを一閃させた。

白っぽい光が揺曳した。刃風は重かったが、切っ先は多門から四十センチ以上も離れていた。大男はナイフを引き戻すと、一メートルほど退がった。多門は勢いよく前に踏み出し、すぐに後退した。

誘いだった。大男は凄まじい形相で何か罵り、ナイフを水平に薙いだ。刃先は遠かった。

多門は左目を眇めた。他人を侮辱するときの癖だった。

巨漢が、いきり立った。フォールディング・ナイフを腰撓めに構え、そのまま突進してくる。多門は斜め横に跳び、横蹴りを放った。

キックは相手の腰に入った。大男は突風に煽られたような感じで、路肩の近くまで吹っ飛んだ。刃物が路面に落ちた。

多門は巨漢に駆け寄って、容赦なく蹴りまくった。

場所は選ばなかった。頭から足首まで無数のキックを浴びせる。大男はのたうち回り、這うようにして路地の奥に消えた。

「もう大丈夫だよ」

多門は美女に声をかけた。

女性は街路灯の真下に立っていた。多門は改めて美しい女の顔を見た。

息を呑むような美人だった。よく光る黒目がちの瞳は、どこか神秘的だ。造作の一つひとつが整っている。知的な容貌だが、色気も備えていた。

「ありがとうございました」

「いったい何があったんだい？」

「路地の奥にある『ミラージュ』というショットバーで、昨夜(ゆうべ)お店から忽然(こつぜん)と消えてしまったアメリカ人の友人のことを客たちに訊きはじめたとたん、さっきの男が恐い顔をして近づいてきたんです」

「アメリカ人の友達が失踪したって？」

「はい。きのうの夜、わたしはスーザン・ハワードという友達と一緒に『ミラージュ』で飲んでたんです」

「それで？」

「わたしが化粧室に入ってる間に、スーザンは消えてしまったんですよ」

「飲んでて、何か言い争いでもしたのか？」

「いいえ、そういうことはありませんでした」

女性が首を振りながら、そう答えた。

「スーザンのバッグなんかも残ってなかったのかな？」

「カウンターには、彼女の電子タバコが置いてあっただけで、ほかには何も……」

「店の者や客に、当然、スーザンのことは訊いたんだろ？」

「ええ、居合わせた人たち全員にスーザンがいつ店から出ていったのか訊いてみました。でも、誰も知らないというんです」

「店には、客が大勢いたの？」

多門は問いかけた。

「お客さんは二十人前後だったと思います。後はジョンソンという名のマスター兼バーテンダーがいるだけでした」

「そのジョンソンというのは、アメリカ人なのか？」

「ええ。若いときは横田基地で働いてたらしいんですけど、日本の女性と結婚して間もなく、ショットバーの経営をするようになったと聞いてます」

「ジョンソンは白人？」

「いいえ、黒人です。年齢は四十二、三歳だと思います」

美女がそう言い、急に顔色を変えた。

多門は、相手の視線をなぞった。さきほどの大男が三人の仲間を従えて、路地から走り出てきた。

「ひとまず退散しよう」

多門は女性をボルボの助手席に坐らせ、大急ぎで運転席に乗り込んだ。四人の黒人男は、すぐ近くまで迫っていた。

かまわず車を急発進させた。

男たちが焦って跳び退いた。多門はアクセルペダルを踏み込み、一気に芋洗坂を登り切った。六本木通りを左折し、西麻布方面に向かう。

「スーザンは何か事件に巻き込まれたんでしょうか？」

美しい女が呟くように言った。

「その可能性はありそうだな。白人の男女が二十九人も正体不明の黒人集団に相次いで拉致された事件は知ってるだろう？」

「ええ、もちろん。スーザンも謎の黒人集団に連れ去られたのかしら？」

「おそらく、そうなんだろう。きのうの晩、『ミラージュ』にいた客は黒人が多かったんじゃないか？」

「ええ、わたしたち二人のほかは黒人男性ばかりでした」

「おおかた、そいつらはスーザンが店の外に連れ出されるところを見てたんだろう。それから、マスターのジョンソンもな」

「マスターも？」

「ああ。ジョンソンは黒人客の誰かに脅されて、嘘をついたんだろう。『ミラージュ』は、黒人たちの溜まり場なんじゃないのか？」

「ええ、多分。スーザンはソウルミュージックやラップが大好きなんですよ。それで、あの店によく行くようになったと言ってました。わたしはスーザンに誘われて、三、四回……」

「そう」

「申し遅れましたけど、わたし、間宮留理江(まみやるりえ)といいます。危ないところを救けていただいて、本当にありがとうございました」

「なあに。それより、危うくそっちを轢(ひ)くとこだったよ」

「ごめんなさい。怖かったんで、わたし、逃げることだけしか頭になかったんです」

「そうだったんだろうな」

「あのう、お名前とご住所を教えていただけないでしょうか？　後日、きちんとお礼のご挨拶をさせてもらうつもりです」

「そんな気遣(づか)いは無用だよ。名前は多門剛、自宅は代官山(だいかんやま)にある。といっても、狭い賃貸マンションで暮らしてる。ついでに自己ＰＲをしておこう。三十六歳だが、まだ独身なんだ」

「面白い方ね。多門さんが年齢を明かされたのですから、わたしも言ってしまいましょう。二十七歳で、同じく独身(シングル)です。笹塚(ささづか)のワンルームマンションに住んでいます」

「それじゃ、自宅マンションまで車で送ろう」

「いいえ、そこまで甘えるわけにはいきません。適当な所で、わたしを降ろしてください。タクシーを拾いますので」

「遠慮するなって。送り狼になるほど女にゃ不自由してない」

「別にそういうことを警戒したわけではありません」

「こうして知り合ったのも何かの縁だろう。本当に家まで送るよ」

　多門は言った。

「でも、ご迷惑でしょ？」

「迷惑だったら、最初っから車に乗せてないさ」

「それでは、お言葉に甘えさせていただきます」

「ああ、そうしなよ。ＯＬじゃないんだろう？」

「はい、フリーで通訳と翻訳の仕事をしています。できれば翻訳の仕事に専念したいんですけど、まだまだ駆け出しですので、収入はあまり多くないんですよ」

「で、通訳のバイトもしてるんだ？」

「そうなんです。スーザンは留学時代の友人なんですよ。わたし、二年間、ニューヨーク大学で英米文学の勉強を……」

「スーザンも二十七？」

「いいえ、彼女は二十五歳です。スーザンはアメリカの大学を出て、すぐ日本に来たんです。彼女は英会話学校の講師をしながら、陶芸の勉強をしてるんです」

「スーザンも笹塚のあたりに住んでるのかな？」

「いいえ、彼女は谷中の古い長屋を借りています。その長屋には、日本の伝統工芸や武道に興味を持ってる外国人ばかりが住んでるんですよ」

「面白そうな長屋だな。当然、スーザンの住まいには行ってみたんだろう？」

「ええ、昼間二度ほど行ってみました。でも、家の玄関戸は閉まったままで、スーザンが中にいる様子はありませんでした」

留理江が小さな溜息をついた。

「スーザンが特別に親しくしてた友人はいるのかな？」

「日本人の彼氏がいるんですよ。高瀬由秀という方で、大手の広告代理店に勤めてるはずです。確か彼は二十九歳だったと思います」

「その高瀬という彼氏は、スーザンが行方不明だということを知ってるのかい？」

「今朝、電話で高瀬さんに昨夜のことを話しました。彼は、ひどくスーザンの安否を心配していました。二人は知り合って七、八カ月なんですけど、ラブラブなんですよ」

「失踪人捜しをおれにやらせてくれないか」

「多門さんは警察関係の方なんですか？」

「刑事に見えるほど野暮ったいのかね、おれは」

多門は苦笑して、ボルボを停止させた。赤信号に引っかかったのだ。地下鉄の広尾駅の近くだった。

「刑事さんじゃないとしたら、私立探偵か何かなんですね？」

「フリーで調査関係の仕事をしてるんだ」

「そうなんですか。明日か明後日、高瀬さんと相談して、警察にスーザンの捜索願を出そうと思ってたんですけど」

「警察は頼りにならないよ。人手が足りないからなのか、家出人や行方不明者の捜索にはあまり熱心じゃないんだ。現に何万という捜索願が出されてるが、失踪人が見つかるケースはきわめて少ない」

「そうなんですか」

「といって、女性のきみがスーザンを捜し回るのは危険だ。高瀬というスーザンの彼氏も、所詮は素人だからね。プロの調査員と同じ働きは期待できないよな」

「ええ、それは無理でしょうね」

留理江が言った。

信号が変わった。多門はボルボを走らせはじめた。

「調査費用は、どのくらい必要なんでしょうか？」

「金はいらない。こっちが御節介をやきたくなったんだから、調査は無料で引き受ける」

「いいえ、それはいけません。あなたはスーザンやわたしの身内ではないのですから、まさか只働きをさせるわけにはいかないわ」

「どうしても気持ちが済まないというんなら、成功報酬は一万円ってことにしよう」

「たったの一万円ですか!? そんな低額だと、こちらの負担が大きくなります。十万円でいかがでしょう？」

「それで気持ちの負担が消えるというなら、それでもいいよ」

「はい、成功報酬は十万円にしてください。それぐらいなら、わたしにも用意できます。スーザンには、留学時代にとても世話になったんです。あることで人間不信に陥ってるときに、彼女がわたしを励ましてくれたんです」

「留学時代に何があったんだ？」

「それは……」

留理江が言い澱んだ。

「立ち入ったことを訊いたようだな。勘弁してくれ」

「いいんです」

「スーザン・ハワードに関する予備知識を得たいんだが、渋谷の深夜レストランにでも行くかい？」

「多門さんさえよければ、マンションの近くにあるファミリーレストランでお話をさせてください。わたし、いったんマンションに戻って、スーザンの写真を取ってきます」

「迷惑じゃなければ、きみのマンションに行ってもいいよ。もちろん、部屋に上がり込むつもりはないがね」

「女の独り暮らしですので、部屋に入れるわけにはいかないんです」

「なら、ファミレスで話をしよう」

多門はスピードを上げた。

渋谷からNHK放送センターの横を抜けて、井の頭通りに入った。その先は、留理江に道案内を任せた。ファミリーレストランは甲州街道に面していた。留理江のワンルームマンションは二百メートルあまり裏手にあるらしい。

「十分はお待たせしないと思います。先にコーヒーでも飲んでてください」

彼女がそう言い、ファミリーレストランの広い駐車場から出ていった。

多門は店に入り、出入口に近いテーブル席にどっかと腰かけた。コーヒーを注文する。客席は半分ほど埋まっていた。大半は二十代半ばの男女だ。いくらか気恥ずかしかった。

留理江が店に駆け込んできたのは、およそ八分後だった。

息遣いが荒い。自宅マンションから駆けてきたにちがいない。人柄が誠実なのだろう。男たちにちやほやされてきた美人は、ともすると、神経がラフになりがちだ。しかし、留理江はそうした高慢さはうかがえなかった。

留理江となんとか親しくなりたいものだ。

多門はそう思いながら、ブレンドコーヒーをブラックで啜った。妙に水っぽかったが、文句の言える値段ではなかった。

留理江はレモンティーを頼んだ。多門は仕事用の手帳を取り出し、スーザンの勤務先や自宅の住所を書き留めた。

「これがスーザンです」

留理江がミニアルバムの中から、一枚のカラー写真を抓み出した。多門は写真を受け取った。

印画紙の中のスーザン・ハワードは屈託なげに笑っていた。髪はバター色に近い金髪で、グリーンアイズだった。取り立てて美人とは言えないが、目鼻立ちはくっきりとしている。

「その写真は、セントラルパークでわたしが撮ったんです」

「そう。しばらく写真を借りたいんだが、かまわないかな？」

「ええ、どうぞ。それから、スーザンと高瀬さんが写っている写真もあります」

留理江が言って、ミニアルバムの頁を手早く繰った。差し出された写真は、歌舞伎座を背景に撮影されていた。

スーザンの恋人の高瀬は凜々しい顔立ちの美青年だった。眉が濃く、切れ長の目は涼しげだ。

「この写真も、きみが撮ったの？」

「ええ、三人で歌舞伎を観に行ったときに」

「そう。明日から、さっそく調査に取りかかるよ」

「よろしくお願いします」

「一応、おれの連絡先を教えておこう」

多門は自分の名刺を留理江に渡した。肩書のない簡素な名刺だった。

スマートフォンと固定電話のナンバーも刷り込んである。

留理江も自分の名刺を差し出した。やはり、肩書はなかった。

「通訳とか翻訳家って肩書を入れといたほうが仕事面でプラスになるんじゃないのか?」

「そうかもしれませんね。でも、まだ駆け出しですので、なんとなく照れ臭いんです」

「謙虚なんだな。しかし、フリーで喰っていくには、ある程度の図太さが必要なんじゃないの?」

「仕事関係の人たちにも、よくそう言われるんです。でも、通訳とか翻訳家と自分で名乗るのは厚かましい気がして……」

「もう何冊か訳出したんだろ?」

「ええ、小説が五冊とノンフィクション物が三冊出てます」

「立派なもんじゃないか。本のタイトル、教えてくれよ。おれ、八冊とも買うからさ」

「八冊とも、もう絶版になっちゃったんです。わたしの訳し方が下手だったようで、本が売れなかったんでしょうね。原作者に申し訳ないことをしてしまいました」

「別に訳し方が悪かったわけじゃないと思うな。売れなかったのは、きっと原作が退屈なものだったんだよ」

多門は勝手に極めつけた。

留理江が当惑気味に笑った。柔らかな笑顔は、男心をくすぐった。

この女にのめり込みそうだ。多門は胸底で呟き、留理江の顔を見つめた。何時間でも向かい合っていたいような気持ちだった。しかし、甘い期待は裏切られた。留理江はレモンティーを飲み干すと、すぐに伝票に腕を伸ばした。

多門は先に伝票を掬い上げ、ゆっくりと立ち上がった。

第二章　怪しい黒人集団

1

インターフォンが鳴った。

出前のカツ丼と天丼を平らげた直後だった。

多門は喫いさしの煙草の火を揉み消し、ダイニングテーブルから離れた。自宅マンションだ。

間取りは1DKである。家賃は駐車場賃料や管理費を含めて月額二十三万円だった。

多門はインターフォンの受話器は取らなかった。玄関ホールに急ぎ、ドアスコープを覗く。

来訪者は旧知の杉浦将太だった。四十四歳の杉浦は、プロの調査員である。新橋にある法律事務所の嘱託をしている。

報酬は出来高払いらしく、月によって波があるようだった。そんなことで、多門はちょくちょく杉浦に調査の仕事を回していた。

杉浦は二年前まで、新宿署生活安全課の刑事だった。暴力団との癒着が署内で問題にされ、職場を追われてしまったのである。杉浦は暴力団や風俗営業店などに家宅捜索の情報を流し、その見返りとして金品をせしめていた。ベッドパートナーの世話もさせていたようだ。

やくざ時代の多門は、悪徳刑事の杉浦を嫌っていた。軽蔑さえしていた。

しかし、杉浦の隠された一面を知ってからは見方が一変した。杉浦は、交通事故で植物状態（遷延性意識障害）になってしまった妻の意識を蘇らせたい一心で、あえて悪徳警官に成り下がったのである。

多門は、献身的に妻の看病をし、せっせと高額な入院加療費を払いつづけている杉浦の生き方を清々しく思った。その侠気に、ある種の感動すら覚えた。

多門は積極的に杉浦に近づき、酒を酌み交わすようになった。杉浦は決して喰えない男ではなかった。口こそ悪いが、他人の悲しみや憂いには敏感だった。義理堅くもあった。

「クマ、何してやがるんだ。早くドアを開けろや」

「ああ、いま開けるよ」

「部屋に女を引っ張り込んでるんだったら、出直してもいいぜ」

「そんなんじゃないよ。極悪刑事だったころの杉さんのことをちょっと思い出してたんだ」

　多門はチェーンを外し、ドアを開けた。

　ツイードの上着を着た杉浦が両手をスラックスのポケットに突っ込んだまま、飄然と室内に入ってきた。小男だ。百六十センチそこそこしかない。

　極端に頬がこけているためか、顔は逆三角形に近かった。ナイフのように鋭い目は、いつも赤い。慢性的な寝不足のせいだろう。

　杉浦は、東京郊外の総合病院に入院している妻を毎日のように見舞っていた。たまたま多門は病室の窓から、杉浦が妻の裸身を濡れタオルで入念に拭っている光景を見たことがあった。

　清拭を済ませると、元悪徳刑事は眠ったままの妻の胸の谷間に顔を埋め、静かに泣きはじめた。多門には、杉浦の切ない気持ちがわかった。思わず貰い泣きをしてしまった。

　病室には入れなかった。携えてきた花束と果物をナースステーションに預け、多門はそっと病院から遠ざかった。

「杉さん、奥さんの具合は？」

「相変わらず、おねむになってらあ。十六年も連れ添った亭主が見舞いに訪れたときぐれえ、愛想笑いしてもらいてえよ」

「そういう屈折した言い方、おれは嫌いじゃないよ。子供がいないこともあって、杉さん夫婦は本当に仲がよかったからな」

「クマ、過去形で喋るなよ。まだ女房は生きてるんだ」

「ごめん！　悪意はなかったんだよ」

「わかってらあ」

杉浦は靴を脱ぐと、ダイニングテーブルに歩み寄った。

多門は卓上を片づけ、杉浦を椅子に坐らせた。今朝早く元悪徳刑事に電話をして、連続拉致事件の捜査状況を探ってくれるよう頼んであったのだ。

「杉さん、昼飯は？」

「少し前にラーメンを喰ったよ。クマは、相変わらず大食だな。丼物を二つも平らげたんだろ？」

「そう。まだ親子丼ぐらいなら入るな。コーヒー、淹れようか？」

「何もいらねえよ」

「それじゃ、さっそく集めてもらった情報を……」

多門は、杉浦と向き合う位置に腰かけた。

「麻布署の知り合いの刑事にいろいろ探りを入れてみたんだが、たいした収穫は得られなくてな」

「そう」

「捜査本部（チョウバ）は、まだ大きな手がかりは摑んでねえそうだ。もちろん、二十九人の白人男女を拉致したのが黒人集団だってことは複数の目撃証言ではっきりしてるんだが、まだ犯人グループを絞り込める段階じゃねえんだってさ」

「捜査当局は、当然、不良白人グループたちの聞き込みもやったはずだよね？」

「ああ。けど、有力な情報は得られなかったみてえだな。白人に限らず、六本木で遊んでる怪しげな外国人たちは警察に反感を持ってるらしくて、きわめて非協力的なんだとよ。連中の多くは麻薬（ドラッグ）をやってるんだろうし、中にゃ拳銃を持ち歩いてるのもいるだろうから、警察が煙たいんだろう」

「ああ、おそらくね」

「こいつが、連れ去られた連中のリストだよ」

杉浦が上着の右ポケットから、四つ折りにした紙片を取り出した。

多門はリストに目を通した。男が十六人、女が十三人だ。スーザン・ハワードの名は、まだ載っていない。被害者の国籍はアメリカが最も多く、次いでイギリス、オーストラリア、カナダ、ドイツ、フランスの順だった。スイス人やオランダ人もいた。

その大半は、外資系企業に勤める男女だった。語学学校の講師も少なくない。職業のわからない者は、わずか三人だった。

「フリーターは意外に少ないな」

「おれも少し驚いたよ。拉致されたのは、どうしようもない悪党(ワル)たちばかりだろうと思ってたから」

杉浦がそう言って、ハイライトに火を点(つ)けた。

「不良同士の縄張り争いじゃないな。白人に憎しみを持ってる黒人たちが無差別に二十九人を拉致したんだろう」

「そう考えてもよさそうだな。麻布署の刑事の話によると、六本木でコカインや大麻の密売をやってた黒人グループは去年の秋に全員検挙(アゲ)たから、大きな犯罪組織はないらしいんだよ」

「警察は完璧(かんぺき)に裏社会を把握してるわけじゃない。おそらくノーマークの組織があるんじゃねえのか」

「クマ、それは考えられるな。語学の達者なお巡りがそうたくさんいるわけじゃない。網に引っかからなかった犯罪者集団が幾つもありそうだな」

「ジョンソンのことも探ってくれたかい？」

「ああ、一応な。『ミラージュ』はこの春ごろから、自然に黒人客が多く集まるようになったらしいぜ」

「ジョンソンに逮捕歴は？」

「それはなかったよ。けど、ジョンソンの妻の美晴（みはる）が三年前に覚醒剤所持の現行犯で渋谷署の世話になってた。もっとも尿検査でシロと出たんで、書類送検で済んだという話だったがな」

「美晴は、その後、覚醒剤（シャブ）に溺れたんじゃねえのかな。それで、不良黒人グループと接触ができて、夫のショットバーにそいつらが出入りするようになったのかもしれない」

多門は言った。

「クマ、少しジョンソンを揺さぶってみろや。何か手がかりを摑めると思うぜ」

「今夜、『ミラージュ』に行ってみるつもりだったんだ」

「そうかい」

杉浦が短くなった煙草の火を消し、急ににやついた。

「杉さん、何だよ。妙な笑い方をしてさ」

「クマは根っからの女好きなんだな。間宮留理江って依頼人に、また、一目惚れか。懲りない男だ。さんざん女たちに煮え湯を呑まされたってのに」

「確かに、女たちに利用されたことはあるよ。けど、根っからの悪女はひとりもいなかった。どの女も悪い男に唆されて、おれから銭を騙し取ったり、殺人の濡衣をおっ被せようとしたんだ」

「甘えな、クマは。そんな調子じゃ、いまに大火傷するぜ」

「杉さんの言い方、ちょっと気に入らないな。まるで留理江がおれを利用しようとしてると言ってるみたいじゃないか。彼女は、そんな悪女じゃない」

「そうむきになるなって。今度の依頼人がどうだって言ってるわけじゃねえんだ。あんまり無防備に女たちと接してると、痛い目に遭うかもしれないぞって忠告したかったんだよ」

「別に、留理江のことを言ったんじゃねえのか」

「クマは女に惚れると、何も見えなくなっちまう。それにしても、お人好しだな。スーザンとかいうヤンキー娘とは会ったこともねえのに。おれだったら、調査を引き受けたりしねえな」

「惚れた女がスーザンに世話になってるんだ。黙って見てられないよ」

「ま、好きにしろや。とりあえず、きょうの謝礼を貰っとこう。半日仕事だったから、三万にしといてやらあ」

「五万でもいいよ。何かと物要り（ものいり）だろうからさ」

「クマ、おれを憐れん（あわれん）でやがるのか。だとしたら、そいつは思い上がりってもんだぜ。三万でいいって。早く出しな」

「杉さんは顔に似合わず傷つきやすいからなあ」

多門は微苦笑して、言われた分だけ払った。

「本業の調査の合間に、また麻布署に行ってやらあ。でっけえ情報を摑んだら、二十万貰うぞ」

「しっかりした父（と）っつぁんだ」

「当たり前だろうがよ。おれは調査のプロなんだ」

杉浦が立ち上がり、部屋から出ていった。

多門は左手首のピアジェを見た。午後一時五十分過ぎだった。

無駄骨を折ることになるかもしれないが、スーザンの家に行ってみることにした。

多門は外出の準備に取りかかった。といっても、いくらも時間はかからなかった。

部屋を出て、エレベーターで地下駐車場に降りる。ボルボXC40に乗り込み、谷中に向かった。

目的地に着いたのは小一時間後だった。

スーザンの住まいは、谷中一丁目の路地裏にあった。かなり老朽化した棟割り長屋が三軒並んでいる。スーザンの自宅は真ん中の長屋の手前側だった。

その前のあたりで、六人の外国人が日向ぼっこをしている。赤毛の痩せた男は、藍色の作務衣姿だった。マロンブラウンの髪の若い女は、三味線を掻き鳴らしている。

「スーザン・ハワードのことで少し話を聞きたいんだ」

多門は赤毛の白人男に声をかけた。すると、相手が流暢な日本語で問いかけてきた。

「失礼ですが、あなたはどなたですか？」

「ある人物に頼まれて、スーザンを捜してる者です。わかりやすく言うと、私立探偵のようなものだね」

多門は言い繕った。

「スーザンを捜してるって、どういうことなんです？」

「そうか、まだ知らないようだな。スーザンは一昨日の晩、六本木のショットバーから忽然（こつぜん）と姿を晦（くら）ましたんですよ。何者かに拉致された疑いがあるんだ」

「それ、何かの間違いでしょ。ぼく、一昨日の朝、スーザンに会ったけど、翌日から、つまり、きのうから彼氏と一緒に京都に行くって言ってましたよ」

「彼氏って、高瀬由秀のことだね？」

「そう、高瀬さんのこと。スーザンは彼と二泊三日の旅行をすると言ってました」

「その話は、後で高瀬氏に確認してみましょう。ところで、スーザンが黒人の男に尾行されてたとか、追い回されてたなんて話は聞いたことがない？」

「そういう話は一度も聞いたことがありません」

　作務衣姿の赤毛男がそう答え、仲間たちに顔を向けた。短くためらってから、三味線を抱えている白人女性が口を開いた。

「スーザンの失踪に関係があるのかどうかわからないけど、彼女、半月ほど前に六本木の『エリア』ってクラブでアフリカ人の男にしつこくまとわりつかれて困ったって話をしてたわ」

「アフリカ人だって？」

「ええ、ナイジェリア人だと言ってたわ。最近はアフリカ出身の黒人たちも、夜の六本木で遊んでるんだって。わたしは六本木にあまり行かないので、詳しいことはわからないんだけど」

「この周辺に、黒人の男がうろついてたことは？」

多門は訊いた。

「そういうことはなかったと思うわ。ひょっとしたら、スーザンはそのナイジェリア人に誘拐されたんじゃない？」

「その男の名前は？」

「えーと、なんて言ったかな。クンテ、ううん、確かルンテだったわ」

「いくつなんだろう？」

「スーザン、ルンテの年齢までは教えてくれなかったわ。でも、大柄で、肌の色が紫がかった黒だったと言ってたわね」

「そう。そのルンテというナイジェリア人は、『エリア』の常連客なんだろうか」

「さあ、そこまではわからないわ」

相手が首を振った。

「夜になったら、『エリア』ってクラブに行ってみるよ」

「そう」

「六本木の連続拉致事件は、みんなも知ってるよね？」

「もちろん、知ってますよ」

　赤毛の男が真っ先に答えた。

「引っさらわれた二十九人の白人男女の中に知り合いは？」

「ぼくの知人はひとりもいません」

「ほかのみんなは、どうなんだろう？」

　多門は居合わせた外国人たちを見回した。全員が黙って首を横に振った。

「連れ去られた人たちは、ちょっと問題があったんじゃないですか？」

　赤毛の男が言った。

「それは、素行に問題があったという意味かな？」

「ええ、そうです。六本木で遊んでる白人の中には日本人女性のヒモになったり、マリファナや覚醒剤(スピード)を売りつけてる男たちが何人もいるって話だから。それから、反対に若いサラリーマンに接近して、金やプレゼントを貢(みつ)がせてる悪女もいるようですよ」

「消えた二十九人の大多数は、まともな職業に就(つ)いてたんだ。遊び人だけを狙った拉致事件じゃない気がするな」

「無差別な白人狩りが行なわれてるんでしょうか。そうだとしたら、怖いな」

「あまり六本木には近づかないほうがいいね。みんな、どうもありがとう！」

多門は六人に礼を言い、路地から表通りに出た。

路上に駐めたボルボに乗り、神田に向かう。スーザンが英会話を教えていた語学学校は、地下鉄淡路町駅のそばにあった。

多門は車を語学学校の客用駐車場に入れ、事務局を訪ねた。フリーの調査員になりすまして、初老の事務局長に面会を申し入れる。

事務局長の話によると、確認したいことがあったので、スーザンのスマートフォンを幾度も鳴らしてみたそうだ。しかし、いつも電源は切られていたらしい。

また、語学学校に不審な黒人男性が姿を見せたことは一度もないという話だった。多門は事務局長に頼んで、スーザンの同僚講師四人に引き合わせてもらった。しかし、事件に結びつくような情報は何ひとつとして得られなかった。

多門は語学学校を出ると、車を汐留に走らせた。

道路は渋滞気味だったが、それでも高瀬の勤務先まで三十分はかからなかった。業界一の大手広告代理店の本社ビルは、思ったよりも大きかった。ちょっとしたシティホテル並だった。

多門はボルボを地下駐車場に置き、一階の受付に回った。受付嬢に名乗って、来意を告げる。

「アポイントメントはお取りになられていますね？」
二十二、三歳の受付嬢がにこやかに問いかけてきた。
「いや、アポなしなんだ。一応、社内電話で連絡してもらえないだろうか」

「わかりました」

「よろしく！」

多門は受付カウンターから離れた。受付嬢がすぐにクリーム色の社内電話機に腕を伸ばした。遣り取りは短かった。

「高瀬は、すぐに降りてまいります。あちらの応接ソファでお待ちいただけますか」

受付嬢が広いロビーの一隅を手で示した。

多門は謝意を表し、エレベーターホールに近い応接ソファに腰かけた。あたりに、人の姿はなかった。

数分待つと、エレベーターから高瀬が降りてきた。砂色のスーツをきちんと着ていた。

多門は立ち上がって、会釈した。

「突然、お訪ねして申し訳ありません」

「いいえ。正午前に間宮さんから電話をいただいて、多門さんのことはうかがいました」

「そうですか。スーザンさんのことで、少し教えていただきたいことがありましてね」

「全面的に協力します」

高瀬がそう言って、名刺を差し出した。多門も自分の名刺を渡した。

二人はテーブルを挟んで向かい合った。

「ここに来る前に、スーザンさんの自宅と勤務先に寄ってきたんですよ」

多門は先に口を開いた。

「そうなんですか。一日も早くスーザンを見つけ出してやってください。間宮さんの成功報酬とは別に、わたし個人も謝礼を差し上げるつもりでいます」

「そういう気遣いは必要ありません。調査の依頼人は間宮留理江さんですのでね」

「しかし……」

「それより、高瀬さんはスーザンさんと一緒に二泊三日の予定で、きのうから京都に行かれることになっていたそうですね？」

「はい。旅行を楽しみにしてたようですが、こんなことになってしまって」

高瀬がうつむき、下唇を噛んだ。

「白人男女の連続拉致事件のことを考えますと、スーザンさんは同一グループに引っさらわれたと思われます。犯人グループに心当たりは？」

「いいえ、まったくありません」

「スーザンさんから、ルンテというナイジェリア人のことは聞いてませんか？」

「何者なんですか？」

「六本木の『エリア』というクラブで、スーザンさんをナンパした黒人です」

多門はそう前置きして、詳しいことを話した。

「スーザンは、なぜ、その男のことを黙ってたんでしょう？」

「話したら、あらぬ疑いを持たれると思ったんだろうな」

「わたしたちは愛し合っているんです。クラブで彼女がナンパされたって話を聞いても、わたしは動揺なんかしませんよ。スーザンが行きずりの男と簡単に寝るような女じゃないことは、わたしが一番よく知っていますのでね。話してくれれば、よかったのに」

「女性の心理はデリケートだからな。それはそうと、そのルンテというナイジェリア人のことを少し調べてみるつもりです」

「そいつがフラれた腹いせに、スーザンを連れ去ったと？」

「その可能性もあると思うんですよ。さらに、ルンテが一連の拉致事件に関与してるとも考えられなくはないな」

「そうですね。マスコミ報道によりますと、二十九人の白人男女を拉致したのは、いずれも複数の黒人男性の犯行だったということですから」

「そうでしたね。スーザンさんは『ミラージュ』というショットバーによく飲みに行ってたそうですが、高瀬さんもご存じなんでしょ？」

「ええ、彼女と何度か一緒に飲みに行きましたんでね。しかし、わたしはあの手のバーはあまり好きじゃありません。客筋がいいとは言えないし、ジョンソンというマスターもどことなく胡散臭い感じでしたしね」

高瀬が言った。

「今夜、『エリア』と『ミラージュ』を覗いてみるつもりです」

「わたしにお手伝いできることがあったら、何でも申しつけてください」

「その必要があるときは、声をかけましょう。忙しいところを申し訳ありませんでした」

多門は礼を言い、腰を浮かせた。高瀬は引き留めなかった。

2

軒灯は点いていない。

店のドアもロックされていた。『ミラージュ』だ。

多門は店の前の暗がりにたたずんだ。

マスターのジョンソンを待つ気になったのである。まだ午後七時を回ったばかりだった。路地裏には、小さな酒場が連なっていた。幾つも軒灯が瞬いているが、人通りは少ない。

三本目のロングピースを喫い終えたとき、小太りの中年の黒人男性が『ミラージュ』のドア・ロックを解いた。ジョンソンだろう。

多門は数分経ってから、ショットバーの扉を潜った。小太りの男は、カウンターの中にいた。多門は男に話しかけた。

「まだ準備中なのかな?」

「もう営業中ね」

男が幾分たどたどしい日本語で答えた。

「それじゃ、軽く飲ませてもらおう」

「軽くじゃ、わたしの店儲からないね。重く飲んでください」

「マスターはユーモアがあるな」

多門はカウンターの中ほどに坐った。酒棚には、夥しい数の酒瓶が並んでいる。

「お客さん、何を飲みます？」

「テネシーウイスキーがいいな。ジャック・ダニエルの黒ラベルをストレートで」

「オーケー」

男がカウンターにストレートグラスを置き、馴れた手つきでテネシーウイスキーを注いだ。チェイサーも置かれた。

「千六百円です」

「そうか、ここはショットバーだったんだな」

多門はワンショット分の料金を払い、ジャック・ダニエルを半分ほど呷った。

「いい飲みっぷりですね」

「あんた、ジョンソンさんだよな？」

「どうして、わたしの名前知ってるんです⁉　この店のこと、誰に教えてもらいました？」

マスターが警戒心を露にした。

「スーザン・ハワードがこの店を教えてくれたんだよ。スーザンのこと、知ってるよね」

「ええ、知ってます」

「この店に来れば、ご機嫌なソウルミュージックやラップが聴けて、黒人たちとも親しくなれるって聞いたんだ」

「そう」

「雲を衝くような大男の黒人が面白いんだとも言ってた。その彼と友達になりたいと思ってるんだが……」

「誰のことなんだろう?」

「マスターに迷惑はかけないよ」

「そう言われても、誰のことだか、わたし、見当つきません」

「そう。ここで飲んでりゃ、その彼に会えるだろう。少し待ってみるよ」

多門は煙草に火を点けた。

ふた口ほど喫ったとき、店のドアが開いた。多門は振り向いた。昨夜の大男だった。

大男は多門に気づくと、慌てて逃げ出した。

多門はスツールから滑り降り、すぐさま店の外に飛び出した。早くも巨漢の黒人は表通りに達していた。

多門は懸命に追った。

だが、表通りに出たときは、すでに大男の姿は掻き消えていた。多門は『ミラージュ』に駆け戻った。店の扉を開けると、ジョンソンが出入口のそばに立っていた。

表情が険しい。右手には、アイスピックが握られている。

「あなた、何を調べてる？」

「いま逃げていった野郎がスーザンをどこかに連れ去ったんだなっ」

「なんの話してる？　わたし、さっぱりわからない。あなた、もう客じゃない。早く出ていけ。言うこと聞かないと、これで刺すぞ」

「刺したきゃ刺せよ」

多門は相手を挑発した。

ジョンソンがアイスピックをまっすぐ突き出してきた。多門は少し退がり、スツールを蹴倒した。スツールが横倒しに転がった。ジョンソンが蹴つまずき、スツールの上にのしかかる形になった。

多門はアイスピックを捥ぎ取り、ジョンソンを摑み起こした。右手をカウンターに押さえつけ、甲の部分にアイスピックを突き立てた。少しもためらわなかった。

ジョンソンが動物じみた声を放った。

アイスピックはカウンターまで埋まっていた。右手を板に縫いつけられたジョンソンは歯を剝きながら、高く低く唸りつづけた。手の甲は、瞬く間に鮮血に塗れた。

「もう一度、訊く。さっきの野郎がスーザンを拉致したんだなっ」

「そ、それ、わからない。ううーっ、痛い。痛くて気が遠くなりそうだ」

「わからないだと?」

「そう、わからないね。わたしが奥でオードブルこしらえてるとき、スーザン、いなくなった。それ、ほんとのことね」

「そっちが正直者かどうか、体に訊いてみるよ」

多門は言うなり、アイスピックを押し回した。

ジョンソンが怪鳥のような声を轟かせた。カウンターの血溜まりが少しずつ拡がっていく。

「スーザンは、大男に連れ去られたんだなっ」

「そこまで知らない。わたし、ほんとにスーザンの消えたとこ、この目で見てないよ。ア、アイスピックを抜いてくれーっ」

「さっきの黒人のことを喋ってもらおうか」

「あの男の名前、マイクね。わたし、それしか知らない」

「マイクは仲間たちと毎晩のように、ここに来てるんだろ?」

「そう、来てるね。マイクたち、いいお客さんじゃない。けど、断れないね」

「どうして？」

多門は訊いた。

「妻(ワイフ)が混合麻薬(ドラッグカクテル)の虜(とりこ)になってしまったから」

「混合麻薬(ドラッグカクテル)というと、覚醒剤(スピード)にコカインなんかを混ぜた新麻薬のことだな？」

「そう。わたしの妻(ワイフ)、覚醒剤(スピード)にＬＳＤを混ぜた〝ブルーチア〟で中毒者(ジャンキー)になってしまったよ。ううーっ、痛い！」

「その〝ブルーチア〟をマイクって野郎から買ってたんだなっ」

「ああ、そうね。わたし、ワイフの美晴を愛してる。だから、苦しむ姿見たくなかった」

「マイクの住まいは、どこにあるんだ？」

「それ、わからない。マイクは連絡先を絶対に教えてくれないね。自分のほうから、ここに〝ブルーチア〟を売りに来る。それ、嘘じゃない」

ジョンソンが呻きながら、弱々しく言った。

「マイクの溜まり場ぐらいは知ってるだろうが」

「西麻布のショットバーによく行ってるみたい。でも、わたし、その店の名前知らないね」

「昨夜（ゆうべ）、スーザンの日本人の女友達がここに来たな？」

「そう、来たね。その女の人、スーザンのことをお客さんたちに訊いてた。わたしも話しかけられた。でも、マイクが何も言うなって目配せしたね。だから、何も話せなかった」

「マイクは仲間の黒人たちと一緒に二十九人の白人男女を引っさらったんじゃねえのかっ」

「それ、わからない。わたしには、わからないよ」

「嘘じゃねえなっ」

「ほ、ほんとだよ。もうアイスピックを抜いてくれ。頼むよ、お願いだ」

「いいだろう」

　多門はアイスピックを荒っぽく引き抜いた。

　先端から血の雫（しずく）が雨垂（あまだ）れのように滴（したた）り落ちた。ジョンソンが痛みを訴えながら、床に頽（くずお）れる。

　多門はハンカチを取り出し、アイスピックの柄を神経質に拭った。付着した自分の指紋や掌紋を消したのだ。

「マイクに余計なことを言うんじゃねえぞ」

「あんた、何者なんだ？」

ジョンソンが唸りながら、震え声で言った。

多門は口を結んだままだった。ハンカチで包んだアイスピックをカウンターの内側に落とし、表に出る。

多門はボルボに乗り込むと、西麻布に回った。高樹町(たかぎちょう)ランプの周辺には、ショットバーが多い。

多門は名の知れた二軒のショットバーに一度ずつ入ったことがある。どちらも、女友達に連れられて行ったのだ。

多門は西麻布三、四丁目にあるショットバーをことごとく訪ね回った。しかし、マイクの馴染(なじ)みの店はなかった。ジョンソンが苦し紛(まぎ)れに、適当なことを言ったのか。それとも、まだ小さなショットバーがあるのだろうか。

多門は六本木通りを横切り、西麻布一、二丁目のショットバーやカフェバーを覗(のぞ)いてみた。ついでに、メキシコ料理店やタイ料理店にも顔を出した。

しかし、マイクという黒人の巨漢のことを知っている者はいなかった。大男はジョンソンに偽名を教えたのかもしれない。

そうだったとしたら、いくら西麻布を回っても黒人の大男の溜まり場は見つけ出せないだろう。

多門は六本木に戻り、『エリア』を探しはじめた。そのクラブは、六本木三丁目にあった。六本木通りから少し奥に引っ込んだ場所だった。

多門は車を裏通りに駐(と)め、『エリア』に入った。男性料金は四千五百円だった。

吹き抜けの広い空間は、天井まで七、八メートルもあった。インテリアは、黒とゴールドの二色でまとめられている。

ダンスフロアでは、若い男女がヒップホップ・ミュージックに合わせて体を揺らめかせていた。ダンスフロアの周(まわ)りのテーブル席にも、二十代が目立つ。

隅のテーブルに、黒人男性と日本人の娘のカップルがいた。二人は二本のストローで一つのダイキリを啜(すす)っていた。

「ちょっとお邪魔するよ」

多門は二人のテーブルの横にたたずんだ。

十九歳か、二十歳(はたち)ぐらいの茶髪の娘が顔を上げた。陽灼(ひや)けサロンで灼いた顔は、クッキーブラウンだった。アイシャドウはパーリーホワイトだ。口紅も白っぽい。

「なんですか?」

「きみの連れに訊きたいことがあるんだ」

「おじさん、組関係の男性でしょ？　リチャードは麻薬の売人じゃないよ」

「おれはヤー公じゃない。探偵だよ」

「へえ、そうなの。てっきり東門会の人かと思っちゃった。ごめんね」

「いいんだ、気にしないでくれ」

多門は娘に言って、二十三、四歳の黒人青年に顔を向けた。

「日本語、話せるか？」

「ああ、大丈夫。あなた、何を調べてる？」

「ここにルンテって名のナイジェリア人が遊びに来てると思うんだが……」

「ああ、よく来てるね。でも、おれは奴の仲間じゃないぜ。おれはアメリカ人だよ。ナイジェリア・マフィアとは関係ない。ルンテの取り巻きは同じナイジェリア人、コンゴ人、ガーナ人といったアフリカ系の黒人ばかりだよ」

「ルンテは、ナイジェリア・マフィアのボスなのか？」

「なあんだ、そんなことも知らないの⁉　アフリカ人たちは地方都市で衣料なんかを路上で売ってたんだけど、いつの間にか六本木に集まるようになったんだ。同じ黒人でも、奴らは荒っぽいんだよ」

「どんなふうに？」

「道で通行人から金を脅し取ったり、麻薬も売りつけてる。めちゃくちゃ高い値段でね。それから、集団レイプもやってるよ。日本人の女の子をクラブやカフェバーのトイレに連れ込んで、三、四人で姦っちゃうんだ。ひでえもんだよ」

リチャードが言って、オーバーに首を竦めた。連れの茶髪娘が同調する。

「ルンテたちの行きつけの店は？」

「おれは一度も行ったことないけど、飯倉の『アース』ってバーがナイジェリア・マフイアたちのアジトだって話を聞いたことがあるよ」

「『アース』だな？」

「そう。ルンテはまだ二十六、七歳だけど、アフリカ出身の遊び人たちを仕切ってるんだ。それからね、左の頬の肉が大きく抉れてる」

「喧嘩の痕か？」

「ああ、そうだってさ。横浜で日本のテキ屋と揉めて、拳銃で撃たれたときの傷痕らしいよ」

「そうか。白人狩りのことは知ってるだろ？」

多門は訊いた。

「もちろん、知ってる。ルンテたちの仕業だろうって、おれら黒人たちの間では、もっぱらの噂だよ」

「ふうん。何か根拠があるのか？」

「白人どもはアメリカ生まれの黒人に差別意識を持ってるけど、アフリカ人にはもっと……」

「偏見を持ってる？」

「そうなんだよ。別のクラブだったけど、コンゴ出身の男が白人の女を引っかけようとしたら、相手はまるで家畜でも追っ払うみたいに、無言で手を横に振ったんだ。おれがアフリカ生まれの黒人だったら、相手の女を絞め殺してたね」

黒人青年が真顔で言って、ダイキリを吸い上げた。連れの娘がリチャードの黒い手に自分の手をそっと重ねた。なだめたのだろう。

「ついでに、教えてくれ。マイクという名の大柄な黒人を知らないか？」

「マイクという名の男なら、十人以上は知ってるよ。そういうありふれた名を騙る奴が多いんだ。女たちと遊びでつき合うときは、偽名を使わないと、何かと危いからね。でも、おれのリチャード・ロビンソンは本名だぜ。マスミとは遊びじゃないからね」

「そいつは結構なことだ。おれが捜してるマイクという巨漢は芋洗坂の『ミラージュ』ってショットバーによく出入りしてるんだよ。それから、西麻布のショットバーにもな」

「おれの知ってるマイクの中に、そういう男はいないね。なにしろ六本木で遊んでる黒人（ブラック）は五十人や百人じゃないから、みんなと顔見知りってわけじゃないんだ」

「そうだろうな。リチャード、日本人の娘を不幸にしたら、ただじゃおかねえぞ」

多門は黒人青年に笑顔で言って、テーブル席から離れた。

3

異様な雰囲気だった。

十人近い黒人の男がアフリカの音楽に合わせて踊っている。何人かは極彩色（ごくさいしき）の民族衣裳をまとっていた。飯倉の『アース』だ。

多門はマリファナ煙草の煙を手で払いのけながら、空いているスツールに腰かけた。カウンターの中にいる目つきの鋭いバーテンダーが片言の日本語で話しかけてきた。

「あなた、酒飲みに来たか?」

「ああ、そうだ」

「この店、アフリカ人しか入れない」

「店の前に、そんなことは書かれてなかったぜ。ブッカーズをロックでくれ」

「ブッカーズ？」

「ちょいと贅沢（ぜいたく）なバーボン・ウイスキーだよ。ブッカーズがないなら、ワイルド・ターキーでもいい」

「アフリカの酒しか置いてないね」

「なら、ナイジェリアの酒をくれ。なんでもいいよ」

　多門はロングピースをくわえた。

　そのとき、トイレのドアが開いた。出てきた二十六、七歳の男の左の頬は大きく抉（えぐ）れていた。ルンテだろう。バーテンダーがルンテと思われる男に母国語で何か言った。ナイジェリアの公用語はイギリス英語だが、民族ごとに自分らの言語を使うことが多い。

　ルンテと思われる男が店内の仲間たちに何か大声で告げた。すぐにリズミカルな音楽が熄（や）み、七、八人の黒人たちが多門を取り囲んだ。

「いったい何だってんだ？」

　多門はバーテンダーに問いかけた。バーテンダーは無言で顔を背（そむ）けた。

　頬に引き攣（つ）れのある男が多門のかたわらに腰かけ、鋭く睨（ね）めつけてきた。

「おれたち、場所代（ショバ）なんか払わない」

「場所代（ショバ）？」

「おまえ、東門会の者じゃないのか？」

「おれは堅気（かたぎ）だよ」

多門は友好的な笑みを浮かべた。東門会は、六本木や西麻布を縄張りにしている暴力団だ。組の事務所は、六本木七丁目にある。構成員は二千人ほどで、飲食店や違法カジノなどを経営している。

それは表の商売で、裏では錠剤型覚醒剤や拳銃の密売、管理売春を手がけていた。当然、飲食店からはみかじめ料を徴収し、路上販売者からも場所代（ショバ）を取っているはずだ。

「おまえ、ほんとにやくざ（ギャングスター）じゃないのか？」

「両手の指も十本揃ってるし、体に刺青（いれずみ）も入れてない。なんなら、ここで素っ裸になってもいいぜ」

「男の裸なんて、見たくもない」

「だろうな」

「おまえ、なぜ、この店に来た？　一般の日本人、誰もここに来ない」

「おれはアフリカが好きなんだよ。というよりも、アフリカ人を敬（うやま）ってんだ」

「敬う？　それ、リスペクトって意味か？」

「そう。人類の歴史は黒人から始まってる。その後、突然変異が繰り返され、白人や黄色人種が誕生したわけだからな」

「おまえ、偉い！　おれたちも、学校でそう教わった。だから、先生言ったよ。肌の色の白い奴らにコンプレックスを持つことないってな」

「その通り！」

「おまえとおれ、友達になれそうね」

顔に銃創のある男が表情を和らげ、多門の肩を叩いた。多門は煙草の火を揉み消し、握手を求めた。

男が強く握り返し、母国語で仲間たちに何か喋った。敵意に満ちた眼差しを向けていた男たちが一様に口許を緩め、ふたたび踊りはじめた。

バーテンダーも目で笑い、多門の前にグラスを置いた。すぐに白濁した液体が注がれた。

「これ、ナイジェリアのお酒ね。おいしいよ」

「そうかい」

多門はグラスを傾けた。酸味が強く、それほどうまくなかった。しかし、いかにもおいしそうに飲み干した。

「おまえ、もう友達ね。おれの名前、ルンテという。おまえの名前は？」

頬に傷痕のある男が訊いた。多門は即座にナカムラという平凡な姓を騙った。

「ナカムラか。憶えやすい名前ね。仕事、何してる？」

「ボディーガードだよ」

「その仕事、おまえに適ってる。ナカムラ、平均的な日本人よりも体がでかい。それに、強そうね」

「実は妙な噂を小耳に挟んだんだ。アフリカ人のグループが六本木で三十人近い白人の男女を拉致したという話をね」

「拉致？　その言葉の意味、わからない」

「無理矢理に連れ去ることだよ」

「ああ、そういう意味か」

「噂が事実なら、引っさらった白人たちのいる所に連れてってくれよ。おれ、白人にはちょっと恨みがあるんだ」

「おまえ、差別されたのか？」

ルンテが訊いた。

「うん、まあ。だから、仕返しをしてやりたいんだ。白人野郎をサンドバッグみてえにぶっ叩いて、女をレイプしたいな」

「おれも白人は、あまり好きじゃない。だけど、その噂は間違ってる。おれたちのことをナイジェリア・マフィアなんて呼ぶ奴らがいるけど、白人狩りなんかやってない」

「そうなのか。ルンテ、おれの行きつけのバーで二人で飲まないか」

「その店、どこにある？」

「六本木フォーラムの近くだよ。そのバーでバイトをやってる女子大生、アフリカの男に憧(あこが)れてるんだ。ルンテを見たら、すぐに惚れそうだな」

「おれ、その店に行く。おれもジャパニーズガールは大好きね」

「なら、すぐに行こう」

多門はルンテを促(うなが)した。

二人は店を出た。多門は歩きながら、さりげなくルンテと肩を組んだ。ルンテは多門よりも十センチほど背が低かった。

「日本の女をだいぶナンパしたんだろ？」

「二十人ぐらいね」

「寝たのか、その娘(こ)たちと」

「半分ぐらいね、セックスしたのは。日本の女はおっぱいが小さいけど、あそこも小さめね。きつくて、男は気持ちいい。えへへ」

「だろうな」

「ナカムラ、アフリカの女とセックスしたことあるか？」

「いや、一度もない」

「それなら、今度、ナイジェリアの女を紹介する」

「それじゃ、一度紹介してもらうか」


多門は言いざま、ルンテにヘッドロックを掛けた。そのまま近くのコンクリートの電信柱まで引きずっていき、ルンテの頭を思い切り強く打ちつけた。

ルンテが唸りながら、尻から落ちる。

多門はルンテの後ろ襟を掴んで、ビルとビルの間にある路地に引きずり込んだ。ルンテが怒声を張り上げた。


「おまえ、何考えてるっ」

「スーザン・ハワードってアメリカ人に六本木のクラブでしつこくつきまとってたなっ」

「お、おまえ、警察か⁉」

「早く質問に答えやがれ！」

多門は数歩退がり、ルンテの顎を蹴り上げた。ルンテが仰向けに引っくり返る。今度は脇腹に蹴りを入れた。

ルンテが怯えたアルマジロのように手脚を縮め、体を左右に振った。喰いしばった歯から零れた呻き声は、かなり大きかった。

路地には、まったく人影はない。多門は回り込んで、また足を飛ばした。丸太のような腿が躍り、空気が大きく揺らいだ。

蹴りは、まともにルンテの顔面に入った。

ほとんど同時に、めりっという音がした。ルンテがむせながら、折れた前歯を吐き出した。一本ではない。三本だった。

血の臭いが夜気に混じった。ルンテは腹這いになって、血の塊を吐きはじめた。

「てめえらが、スーザンを引っさらったんじゃねえのかっ」

「その女、ナンパしたよ。でも、逃げられちゃったね。それから、一度も会ってない。おれたち、白人なんか誰もスナッチしてないよ」

「嘘じゃねえなっ」

「おれ、ほんとのこと言ってる。おれたち、よくないこともしてるね。だけど、白人の男や女なんて誘拐してないよ」

「どんな悪さをしてるんだ？」

「手造りのアクセサリー、日本人に少し高く売ってる。酔っ払ったサラリーマンからも、カンパしてもらってるね」

「それだけじゃねえだろうが！　日本の娘たちをクラブやカフェバーのトイレに連れ込んで、輪姦(マワ)してるなっ」

「そういうこと、一回か二回あったね。いつもじゃないよ」

「また日本娘たちに手を出しやがったら、てめえの男根(ディック)を切断するぞ」

多門はルンテの腰を蹴った。ルンテが長く唸った。

「マイクって、でけえ黒人の男を知らねえか。混合麻薬(ドラッグカクテル)を密売してる野郎だ」

「そいつのことは知らない。でも、サムの仲間かもしれないね」

「サム？」

「そう。サムは元海兵隊の黒人ね。アラバマ出身のアメリカ人。サムのお祖父(じい)さん、白人たちにいじめ殺された。だから、白人(ホワイト)を憎んでる。サムは、いろんな麻薬(ドラッグ)を仲間の黒人たちに売らせてるね」

「どこに行けば、サムに会える？」

「サムたちのグループ、夜はたいてい俳優座(はいゆうざ)ビルの裏手にある『ブルース』ってバーに集まってる」

「サムはどんな野郎なんだ？」

「頭、モヒカン刈りにしてるね。二十八、九だと思う。サムのグループ、二十人ぐらいいる。みんな、悪党(ワル)よ。日本のやくざともつき合ってる。サムは、いつも拳銃(ハンドガン)持ってるね。気をつけないと、危ないよ」

「どう思う？」

「えっ、何が？」

「サムたちが白人狩りをしてると思うか？」

「それ、考えられるね。あいつら、白人たちによく喧嘩吹っかけてたし、ヤンキー娘をレイプしてたから」

「日本で悪さばかりしてねえで、早くアフリカに戻りな」

「ナイジェリアに帰っても、いい仕事ない。日本、すごくいい国ね。物価高いけど、愉(たの)しいよ。ジャパニーズガールの体も気に入ってる」

「ふざけんでねっ」

多門は頭に血が昇り、われ知らずに岩手弁で怒鳴りつけた。

「その日本語、変ね。おかしいよ」

「東京弁だけが、日本語じゃねえんだ。ナイジェリアだって、訛（なまり）さあるべ」

「訛？　それ、何？　おれ、わからない」

ルンテが訊き返した。

多門は口を開かなかった。ルンテの急所に鋭いキックを見舞った。睾丸が潰れたのか、ルンテは白目を剝（む）いて転げ回りはじめた。

「日本の女（おなご）さ姦（や）っだら、ほんとに、おめのマラさ、ちょん切るど。よく覚えておくべし！」

多門は言い捨て、路地から広い道に出た。ボルボは少し先に駐めてあった。車に乗り込み、外苑東通りに出る。

六本木五丁目の交差点を通過したとき、懐（ふところ）でスマートフォンが打ち震えた。片手運転をしながら、スマートフォンをスピーカーフォンに設定する。

「クマさん、何してんの？」

チコの声だった。元暴走族のニューハーフである。新宿区役所の裏手にあるニューハーフクラブ『孔雀（くじゃく）』のナンバーワンだ。まだ二十代の半ばだった。

「おめえか」

「どうして、いつもつれないの？　もっと素直になりなさいよ。クマさんとあたしは、体で愛を確かめ合った仲なんだから」

「殺すぞ、てめえ！」

「いいわよ。クマさんに殺されるんなら、本望だわ。だって、あたしはクマさんが死ぬほど好きなんだもの」

「こっちは大迷惑だ。ペニスを切除しても、チコは本物（モノホン）の女じゃねえ。ちっとも嬉しかねえよ」

多門は毒づいた。

「あら、そんなことを言っちゃってもいいわけ？　あたしの人工ヴァギナの中にたっぷり注ぎ込んだのは、どこの誰だっけ？」

「何度同じことを言わせやがるんでぇ。あれは小便だって言ったろうが！」

「ごまかそうとしたって、駄目よ。あたしが上で腰を使ってやったら、クマさん、ビンビンになったじゃないの」

「おめえは、誰か店の上客と間違えてやがるんだな」

「クマさん、言ってることが矛盾してるわよ。さっき、漏らしたのはおしっこだったと言ったじゃないの！」

チコが余裕たっぷりに笑った。

多門は一瞬、言葉に詰まった。いつだったか、チコにのしかかられて、思わず射精してしまったことは事実だった。それほど人工女性器は精巧にできていた。

「チコは異性じゃねえだろうが。おめえは、れっきとした男なんだから」

「ええ、戸籍上はいまも男よね。でもね、心と体はもう完璧に女よ。さっきクマさんの逞(たくま)しい体を思い出したら、恥ずかしいとこが思わず濡れちゃったの」

チコが囁き声で言った。

「嘘つけ、この野郎！　濡れるわけねえだろうが」

「ほんとだってば。長い間ずっと女になりたいと念じてたから、きっと神さまがあたしの願いを叶(かな)えてくれたのよ」

「いい加減にしやがれ」

「クマさんがあたしたちの契(ちぎ)りをどうしても認めたくないっていうなら、それでもいいわ。でもね、あたしの熱い想(おも)いは永遠に変わらないわよ。そのことだけは忘れないで」

「そんなクサい台詞(せりふ)をどこで覚えてきやがったんだ。おおかた店のママの早苗(さなえ)あたりに教わったんだろう」

多門は極(き)めつけた。早苗という源氏名(げんじな)を使っている男は、かつて歌舞伎の女形(おやま)だった。そのせいか、妙に科(しな)が板についている。もう四十五歳か、六歳になったはずだ。

「ママに教えてもらったわけじゃないわ。あたしのオリジナルよ」

「ま、どっちでもいいや。チコ、何か用があんのか？」

「クマさん、お店に来てよ。きょうは、まだお客さんが誰も来てくれないの」

「偽の女どもと乱痴気騒ぎする気にゃなれねえんだよ、まともな男たちはな」

「あら、お店の客筋は悪くないのよ。大企業の役員、中小企業のオーナー社長、それから大学教授や新聞記者もいるわ。弁護士や公認会計士もいるの。どなたも社会的地位があって、まともな男性ばかりだわ」

「そいつらは確かに世間的には成功者かもしれねえけど、おれに言わせりゃ、どいつも少し精神が歪(ゆが)んでるな。健康な野郎なら、正真正銘のホステスのいる酒場で息抜きするんじゃねえか」

「成功なさった殿方(とのがた)たちは遊び馴(な)れてるから、ただのホステスなんかじゃ満足できないのよ。だからって、別に精神的にアンバランスだとは言えないんじゃない？」

「どっちでもいいさ。おれは忙しいんだ。電話、切るぜ」

「また、女の尻を追い回してるんじゃないの？　あたしって彼女がいるのに、ほんとに浮気者なんだから。嫌いよ、クマさんなんて」

「嫌いで結構、こっちはせいせいすらあ」

「嘘よ。本気にするなんて、ばかねえ。愛してるわ、クマさん」

チコが鼻にかかった声で言った。

多門は黙って電話を切った。車は六本木交差点を過ぎていた。

ペルシャ絨毯(じゅうたん)の専門店の横の通りに入り、最初の四つ角を右折する。目的の『ブルース』は六、七十メートル先にあった。

多門は数十メートル先で、ボルボを路肩に寄せた。

4

背中に硬い物を押し当てられた。

銃口だった。感触で、多門はすぐにわかった。ボルボから離れかけたときだった。

振り向きかけると、今度は首筋に冷たい刃が触れた。大型カッターナイフだった。

多門は首を小さく振った。

真後ろには、なんとマイクが立っていた。その右手には拳銃が握られている。型(タイプ)まではわからなかった。

マイクの横には、ずんぐりとした体型の黒人の男が立っていた。男が分厚い唇を歪め、ゆっくり大型カッターナイフを浮かせた。

多門は肘で、刃物を持った男の額を弾いた。

相手が口の中で呻いて、大きくのけ反った。多門は靴の踵で、マイクの向こう臑を蹴ろうとした。だが、あっさり躱されてしまった。

「暴れると、おまえをシュートする」

背後で、マイクが威した。

夜間とはいえ、繁華街の路上だ。発砲したら、たちまち人が集まってくるだろう。撃てるはずない。多門はそう思ったが、わざと威嚇に屈した振りをした。早くマイクの正体を知りたかったからだ。

「おまえ、歩く」

マイクが銃口で多門の背中を小突いた。銃身はバンダナで隠されているようだった。

多門は、おとなしく歩きはじめた。ずんぐりした男が横に並び、憎々しげな目を向けてきた。

「おめえ、反射神経が鈍いな。それに少し太り過ぎだ。減量したほうがいいぜ」

多門は憎まれ口をたたいた。

「うるさい！　おれに話しかける。それ、やめろっ」

「日本語の勉強も足りねえな」

「黙って歩く。オーケー？」

マイクが圧し殺した声で言った。

「おめえの日本語も滑らかじゃねえな。麻薬の売人やってるうちに、てめえもジョンソンの日本人妻みてえに混合麻薬の虜になっちまったんじゃねえのか。え？」

「ジョンソン？　それ、どこの誰のこと？」

「とぼけやがって。『ミラージュ』のマスターだろうが。てめえはジョンソンのワイフの美晴に〝ブルーチア〟を売りつけてる。そこまで、おれはわかってんだ」

「おまえ、警察か？」

「その日本語も正確じゃねえな。警官かと訊くべきだろうが」

「もういい！　おまえ、黙って歩く」

「おれをどこに連れてく気なんでえ？」

多門はマイクに問いかけた。

マイクは答えなかった。相棒も沈黙したままだった。

サムのいる『ブルース』に連れていかれるのか。多門は歩きながら、そう思った。

しかし、そうではなかった。連れ込まれたのは、『ブルース』から二百メートルほど離れた雑居ビルの一室だった。三十畳ほどの室内の片隅にポーカー賭博機が十台あまり積み上げられ、ほぼ中央にモケット張りの応接ソファセットが置かれている。

「アジトにしちゃ、殺風景だな」

多門はソファセットのそばに立ち止まり、体ごと振り返った。ちょうどそのとき、マイクが銃身から青いバンダナを外した。

現われたのは、コルト・コマンダーだった。四十五口径の自動拳銃だ。

ヘッケラー&コッホP7を持ってくるべきだった。多門は少し悔やんだ。

大男のマイクが相棒に英語で何か命じた。ルイスと呼びかけていた。ルイスと呼ばれた男が小さな流し台に歩を運び、水の詰まったペットボトルを二本持ってきた。

どうやら水入りのペットボトルを消音器代わりに使う気らしい。ずんぐりとした男がマイクの足許に二本のペットボトルを置き、多門に近づいてくる。

マイクが自動拳銃のスライドを引き、水の詰まったペットボトルを掴み上げた。銃口は、すぐにペットボトルの口に宛がわれた。

ルイスが立ち止まり、多門の体を探りはじめた。

「武器は何も持っちゃいねえよ」

「おまえ、動かない!」

「汚え(きたね)手で、おれの服に触るんじゃねえっ」

多門はルイスを突き飛ばした。ルイスはよろけたが、倒れなかった。何か罵声(ばせい)をあげ、大型カッターナイフの刃を七、八センチ出した。

あんまり怒らせないほうがよさそうだ。多門は反撃しなかった。

ルイスが多門のポケットの中を検(しら)べはじめる。運転免許証、名刺入れ、スマートフォンと次々に取り出した。

やがて、ルイスはスーザン・ハワードの顔写真を見つけた。すぐに彼はマイクに英語で何か伝えた。二人の会話は短かった。ルイスの手によって、スーザンの写真を含めて所持品はすべて多門のポケットに戻された。

「おまえ、椅子に坐る」

マイクが言った。多門は言われた通りにした。

坐ったのは窓側のソファだった。マイクとは向かい合う形だった。

「おまえ、私立探偵か?」

「そんなようなものだ。写真の女は、いま、どこにいる?」

「それ、知らない」

「サムなら、知ってるだろうな」

　多門は誘い水を撒（ま）いた。

「サム？」

「白人嫌いのモヒカン刈りの黒人だよ。てめえらのボスなんだろっ」

「そんな男、知らない」

　マイクが狼狽（ろうばい）気味に言い、ルイスの顔を見た。ルイスも驚いている様子だった。

「サムの命令で、てめえらが白人の男女を二十九人も引っさらったんだろっ。スーザンを入れりゃ、ちょうど三十人だ」

「おれたち、そんなことしてない」

「ふざけんな。それじゃ、なぜ、『ミラージュ』でスーザンのことを訊き回ってた日本の女を追ったんでえ？」

「あの女、チャーミングだった。セクシーだったね。だから、メイクラブしたいと思っただけ」

「シラを切っても無駄だぜ。てめえらがスーザンを『ミラージュ』から連れ去ったことはジョンソンが吐いてるんだよ」

　多門は鎌（かま）をかけた。

　マイクとルイスが顔を見合わせた。多門は声を張った。

「拉致した三十人の白人は、どこかに監禁してるんだなっ」

「………」

「どうなんだ！」

「おまえ、頭よくないね。おれたち、写真の女なんか一度も見たことない」

「そうだ。誰もスナッチしてないね」

ルイスが話に割り込んできた。多門はルイスに鋭い視線を向けた。

「てめえは黙ってろ！」

「おまえ、おれを怒らせたいか？　おれ、怒ったら、おまえ、困るよ」

「どう困るってんだっ」

「おれ、男も女も好きね」

「両刀遣いってわけか」

「そう、日本語でそういうね。英語だと、バイセクシュアルよ」

「欲深え野郎だ」

「おれの男根、いい味するはず。おまえにしゃぶらせてあげる」

「おれの目の前で腐れマラなんか出しやがったら、てめえをぶっ殺すぞ」

「おまえ、おれに逆らえないね」

ルイスが大型カッターナイフのスライドを滑らせながら、急ぎ足で近づいてきた。

マイクが喉の奥で笑った。

ルイスが立ち止まり、大型カッターナイフの刃を多門の首筋に寄り添わせた。そうしながら、もう一方の手でチノクロスパンツのファスナーを引き下げた。

すぐに黒々としたペニスが引き出された。まだ欲望はめざめていない。

「おまえ、早くくわえる。それしないと、ここで死ぬね」

「てめえのマラなんかしゃぶれるかっ」

多門は怒声を張り上げた。

次の瞬間、首筋に尖鋭な痛みが走った。ルイスが大型カッターナイフの刃を少し滑らせたのだ。

「血が出てる。もっと強く引いたら、首から血煙が出るね」

「くそったれめ！」

「おまえ、どうする？」

「こうなったら、くわえてやらあ。まだ死にたくねえからな」

「おまえ、いい子ね」

「カッターナイフを浮かせてくれ。そうすりゃ、ふやけるまでしゃぶってやるよ」

多門は言った。

ルイスが刃物を多門の首から離した。多門はルイスの右手首を掴むなり、勢いよく立ち上がった。ルイスの左腕を捩上げ、大型カッターナイフを奪い取る。多門は刃先を相手の喉に手早く喰い込ませた。

「カッターナイフ、捨てろっ」

マイクが声を尖らせた。水入りのペットボトルは、ほぼ水平に保たれている。

「てめえこそ、コルト・コマンダーを足許に置け！」

「おまえの顔、ルイスの頭の上にある。いつでもシュートできるね」

「てめえが引き金を絞り切る前に、ルイスの喉がぱっくり裂けるぜっ」

多門は言いながら、巨身をできるだけ丸めた。

「撃つぞ。ほんとに撃つね」

「こいつが死んでもよけりゃ、撃ちやがれ！」

「おまえだけ撃つ」

マイクが両手保持の姿勢で引き金を絞った。

鈍い銃声がして、ペットボトルの水が飛び散った。放たれた銃弾は多門の頭の上を疾駆し、後ろのコンクリート壁に当たり、大きく撥ねた。跳弾は右手の壁面まで飛び、床に落ちた。

「そっちがその気なら、こっちも手加減しねえぞ」

多門は言うなり、ルイスの左腕を力まかせに捩上げた。関節の外れる音が高く響いた。

ルイスが左肩を大きく下げ、痛みを訴えはじめた。悲鳴じみた声も放った。

いつの間にか、マイクは二本目の水入りペットボトルの口を自動拳銃の銃口に当てていた。

「また撃つ気かい？」

多門はルイスの喉を浅く切りつけた。

ルイスが獣じみた声を発し、英語でマイクに何か訴えた。マイクが忌々(いまいま)しげな顔で、ペットボトルを床に叩きつける。

ペットボトルは弾んだだけで、割れなかった。口から水が零(こぼ)れている。

「弾倉(マガジン)を抜きな」

「おまえが先にルイスを放す。そしたら、弾倉(マガジン)を抜く」

「てめえが先だ。弾倉(マガジン)を抜いて、こっちに投げやがれ。その後、コルト・コマンダーの安全弁(セーフティー)を掛けて、同じようにほうるんだ」

多門は大型カッターナイフの切っ先をルイスの頸動脈に当て、左手を上下に動かした。

マイクは少しためらってから、多門の命令に従った。弾倉と自動拳銃を受け取ると、多門は腕でルイスを薙(な)ぎ倒した。

ルイスがコーヒーテーブルの上に落ち、それから床に転がった。左腕はぶらりとしていた。

多門は大型カッターナイフの刃を縮め、上着の右ポケットに収めた。

すぐにコルト・コマンダーの銃把(グリップ)に四発の実包の詰まった弾倉を叩き込み、安全装置を解除した。すでに薬室には一発送り込まれていた。

「両手を頭の上に乗せて、床に腹這いになんな」

「もうペットボトルないね。おまえがシュートしたら、大きな銃声する」

「銃声は、こいつで消すさ」

多門はソファの肘掛けを片足で押さえ、モケット張りのソファを引き剝(は)がした。

マイクが目を剝(む)く。多門は引き千切(ちぎ)ったスポンジをコルト・コマンダーの銃口に当てた。

「わかった。おまえの言う通りにする。だから、シュートするな」

マイクがそう言いながら、床に這った。

多門は銃口をマイクに向けながら、苦しげに唸っているルイスの腰を蹴った。

「てめえもマイクの横に這うんだよ」

「立てない。おれ、起き上がれないね」

「甘ったれるんじゃねえ。立ち上がる前に、汚えペニスをしまいやがれ」

「わ、わかった。言うこと聞くよ」

ルイスが横向きになり、まず萎えた性器をチノクロスパンツの奥に隠した。それから、肘を使って上体を起こす。

「もたもたすんじゃねえ！」

多門は怒声を放った。

ルイスが顔を歪めながら、マイクのかたわらまで歩いた。病み上がりの老人のように体を庇いつつ、ゆっくりと腹這いになった。

「二人とも、よく聞け。おれはな、牙を剝いた敵には容赦しねえ主義なんだ。拳銃の扱いにも馴れてる。てめえらが正直にならねえと、頭を西瓜みてえに吹っ飛ばすぞ」

多門は二人の黒人の足許に回った。少し経つと、マイクが弱々しく言った。

「知ってることは話す。だから、シュートしないでくれ」

「スーザン・ハワードを引っさらったなっ」

「………」

「死にてえらしいな」

「や、やめろ。その白人女、おれが『ミラージュ』から連れ出した」

「やっぱり、そうだったか。ほかの二十九人の白人もてめえらが拉致したんだなっ」

「おれがスナッチしたのは三人だけね。ほかは仲間たちが……」

「鳥居坂の『グローバル』ってクラブに押し入った二人組も、てめえらの仲間なんだな！」

「そう。でも、みんな、サムに言われて、白人たちを狩っただけね」

「拉致した三十人は、どこにいるんだ？」

多門は訊いた。

「それ、わからない。おれたち、白人狩りをしただけ」

「わからないだと？」

「ほんとに知らないね」

ルイスが先に答えた。

「どっちの頭を先にミンチにするかな。ルイス、どうする？」

「マイクもおれも嘘言ってない。おれたち、狩った白人(ホワイト)がどこにいるか知らないね。ボスのサムに引き渡しただけ」

「おめら、このおれさ、なめてんのけ？」

多門は岩手弁で吼(ほ)えて、二人の黒人の前に回り込んだ。

「ルイスの言ったこと、ほんとね。サムは狩った奴らを自分のワンボックスカーに乗せて、どこかに連れてった。その場所、どこかわからない」

「おおよその見当はつくだろうが！」

「わからない、わからないね。でも、はっきりしてることがある。サムは白人(ホワイト)を憎んでるね。サムのお祖父(じい)さん、白人至上主義者たちに嬲(なぶ)り殺しにされた。彼、その恨みを忘れてないね」

「サムは祖父さんの仇(あだ)を討つ気だってのか？」

「多分、そうだろうね。サム、三十人をどこかに監禁して、ひとりずつ切り刻むつもりなのかもしれない」

「サムは、いま、どこにいる？」

「近くのバーにいるね」

「『ブルース』だな？」

「そう、その店ね」

「おまえ、スマホ持ってるか？」

「持ってるよ」

マイクが上目遣い(うわめづか)に多門を見上げた。

「それじゃ、横向きになって、サムに電話しろ」

「おまえ、サムをどうする気なんだ？」

「黙って言われた通りにしやがれ。サムに、すぐここに来るよう言え！」

「サムは、他人に命令されるの大っ嫌いね」

「おれのことは、サムに話してあるんだろ？」

「ああ、それは話してある」

「だったら、サムにおれを取っ捕まえたとでも言うんだな。そうすりゃ、すっ飛んでくるだろうよ」

多門は知恵を授(さず)けた。

マイクが横臥(おうが)し、懐からスマートフォンを取り出した。ためらいながらも、アイコンをタップする。電話の遣り取りは二分ほどで終わった。

「サムは、ここに来る」

「そうかい。ご苦労さんだったな」

多門はマイクを俯(うつぶ)せにさせると、コルト・コマンダーの銃把(グリップ)の角で後頭部を強打した。

マイクが唸りながら、気を失った。

「おれ、逆らわない。だから、もう痛めつけないでくれ」

ルイスが哀願した。

多門は左目を眇め、ルイスの頭にも銃把を叩き込んだ。ルイスは転げ回ったが、気絶はしなかった。

多門は自動拳銃をベルトの下に突っ込み、怪力で長椅子を持ち上げた。マイクとルイスの背の上に長椅子を乗せ、さらに二人の脚の上にそれぞれソファを置いた。

「重い、苦しいよ。おれ、逃げない。ソファをどかしてくれ」

ルイスが細い声を洩らした。

多門は黙殺し、ドアの横にへばりついた。ドアの陰だった。サムが丸腰で現われるとは思えない。多門は、まず相手の武器を奪う気になったのだ。

十分ほど待つと、ドアがノックされた。

多門は応答しなかった。コルト・コマンダーを握り、銃口に千切ったソファのスポンジを当てた。

ドアが開けられた。

最初に目に映ったのは、両手を掲げた背広姿の高瀬由秀だった。高瀬の後頭部には、消音器を装着したグロック26が押し当てられていた。

オーストリア製の拳銃を手にしているのは、モヒカン刈りの黒人だった。サムだろう。

「あなたが、どうしてここに⁉」

高瀬が多門を見て、驚きの声をあげた。

「おたくこそ、なぜ、そんな目に？」

「わたし、じっとしていられなくなったんです。自分なりにスーザンを捜してみようと思って、六本木に来たんですよ。それで、白人嫌いのサムという黒人がいるという話を耳にして、『ブルース』という店に……」

「こいつが店の前をうろついてたんで、おまえの仲間と踏んだのさ」

モヒカン刈りの男が澱みのない日本語で言って、高瀬の首に片腕を回した。サイレンサーの先端が高瀬のこめかみに押し当てられた。

「サムだな？」

「ああ」

「てめえがスーザンたち三十人の白人を拉致させたんだってな。マイクって野郎が吐いたぜ」

多門は、サムに銃口を向けた。

「おれが白人どもをスナッチさせたって⁉　冗談言うねえ。ホワイトは嫌いだが、そんな面倒なことはしねえ。気に入らねえホワイトがいたら、その場で撃ち殺しちまうよ。相手が女なら、殺る前にあそこと尻の穴にぶち込んでやる」

「ここまで来て、まだシラを切る気かっ」

「そうカッカすんなよ。とりあえず、マイクの拳銃を床に置いてもらおうか。命令を無視したら、こいつの頭を撃ち抜くぜ。その後、おまえもシュートする」

「どっちみち、おれたちを殺る気なんだろうが！」

「おまえら二人を殺しても、一円も儲からない。おれは商売にならねえ悪さはしねえんだ。人質の交換だよ。早くコルトを下に置きな」

サムが言って、引き金の遊びを絞った。

多門はサムを見ながら、ゆっくりと屈み込んだ。コルト・コマンダーを床に置くと、サムが命じた。

「そいつを横に滑らせろ」

「わかった」

多門は命令に従った。コルト・コマンダーは擦過音をたてながら、反対側の壁の近くまで滑走した。

サムが消音器付きのグロック26を下げ、高瀬から離れた。多門はサムを見据えた。

「おれたちが背を向けたら、撃つ気だなっ」

「そんな汚いことはしない。さっきも言ったが、おれは金儲けにならないことはやらねえ男なんだ。安心して、帰りな。ただ、おれの周りを二度とうろつくんじゃねえぞ」

「そうはいかねえな。おれは、スーザン・ハワード捜しを引き受けたんでな」

「勝手にしやがれ。いくら嗅ぎ回っても、おれは白人狩りなんてしてねえよ」

「マイクが嘘ついたってわけかい？」

「そうなんだろうな。マイクがなんて言ったか知らねえけど、おれはホワイトなんて狩り集めさせた覚えはねえ」

「マイクの電話で慌てて吹っ飛んできたのは、おれに白人狩りの証拠を握られたと思ったからなんだろうが」

「そうじゃねえよ。マイクやルイスは、おれの子分なんだ。子分たちを見殺しにするわけにゃいかねえ。だから、人質の交換をしに来たってわけよ。ただ、それだけさ」

サムが言って、サイレンサーを外した。撃つ気はないようだ。

多門は高瀬に目で合図し、ドアを大きく開け放った。

高瀬が素早く部屋を出た。サムは寝かせた自動拳銃で、自分の掌を軽く叩いていた。

「サイレンサーなしじゃ、ぶっ放せねえよ。もう撃つ気がねえことはわかったろ?」

「まあな。けど、おれはおまえが白人狩りに関わってると確信を深めた。また、会おう」

多門はサムに言って、高瀬の後を追った。

何事も起こらなかった。

第三章　暴力団の影

1

二人分のコーヒーが運ばれてきた。

多門は煙草に火を点けた。俳優座ビルの並びにあるカフェだ。

ウェイターが退がると、高瀬が小声で詫びた。

「調査の邪魔をしてしまって、申し訳ありませんでした」

「いいんだ、もう気にしないでください。高瀬さんがじっとしていられなかった気持ち、よくわかりますよ。しかし、ちょっと無謀だったね」

「ええ、そうですね。軽率なことをしたと反省しています。それはそうと、サムたちがスーザンたちを拉致したんでしょうか？」

「マイクという大男は、スーザンさんを引っさらったとはっきり言った。サムは犯行を否認してるが、奴らの仕業と考えていいでしょう」

多門は煙草の灰を指ではたき落とし、コーヒーをブラックで啜った。高瀬がシュガーポットを摑み上げ、声を一段と潜めた。

「麻布署に相談に行ったほうがいいのではないでしょうか。マイクという大男が多門さんにそう白状したわけですので、警察だって動いてくれるでしょ？」

「おれは、いや、わたしはそうは思わないな。マイクの告白を録音したわけじゃないから、こちらがサムたちをどんなに怪しいと訴えたところで、捜査に取りかかってはくれないでしょう」

「そうか、そうかもしれませんね」

「もう少し時間をくれませんか。こっちも一応、調査のプロです。サムたちをマークして、スーザンさんを必ず見つけ出してみせます」

「ええ、ぜひお願いします」

「きっと引っさらわれた三十人は、どこか同じ場所に監禁されてるにちがいない」

「そうなんでしょうか？　もしかしたら、拉致された白人男女はもう殺されてるんじゃないのかな。なんとなくそんな気がするんですよ。スーザンが殺されてたとしたら、わたし……」

「高瀬さん、あまり悲観的に考えないほうがいいですよ。多分、スーザンさんを含めて三十人の白人男女は生きてると思うな」

多門は言った。

「そう思われる根拠は？」

「これまでの調査で、サムの祖父が黒人に偏見を持ってる白人たちに嬲り殺しにされたことがわかりました」

「そんなことがあったんですか。それで、サムは白人を憎むようになったわけですね？」

「ええ、おそらく。憎しみが強い場合は、相手をあっさり殺したりはしないと思うんですよ。憎い相手をじわじわと苦しめてから始末するんじゃないだろうか」

「そうかもしれませんね」

高瀬が相槌を打って、コーヒーカップを傾けた。

「サムは最終的には拉致した白人全員を殺害する気なんでしょう。しかし、それはまだ先のことだと思うな。いまは、獲物を残忍に嬲ってる最中なんでしょう。そうだとすれば、まだ救出のチャンスはありますよ」

「そうですね。そう考えるようにします」

「大丈夫ですよ。こっちがなんとかスーザンさんたちを救い出します。ただ、高瀬さんはもうサムの身辺を嗅ぎ回らないでください。奴らは荒っぽい連中ですんで、あまり刺激するのは危険です」

「わかりました。後は、多門さんにお任せします」

「そうしてください」

「サムたちが怪しいということ、もう間宮留理江さんには報告されたんですか？」

「いいえ、まだ話していません。もう少し証拠固めをしてから、中間報告をするつもりなんです」

　多門は言いながら、煙草の火を揉み消した。

「間宮さんとスーザンは、わたしが妬ましくなるほど仲がいいんです。ですから、間宮さんもスーザンのことがとても心配なはずです」

「彼女は留学中に、何かとスーザンさんに世話になったと言ってましたよ。特に人間不信に陥ったとき、大きな支えになってくれたという意味のことを言ってたな」

「そうですか。留学中に何かあったんでしょうが、スーザンからは何も聞いてません。女同士の友情を守って、わたしには話してくれなかったのかもしれません」

「そうなんだろうな。これは個人的な興味なんだが、間宮さんにはもう特定な男性がいるんだろうか」

「さあ、その点についても、スーザンは何も教えてくれなかったんですよ」

「そう。あれだけ魅力的な女性だから、もう恋人はいるんだろうな」

「多門さん、彼女にだいぶ関心がおありのようですね？」

高瀬が探りを入れてきた。

「大いに関心はありますね。理想のタイプなんですよ。しかし、仕事に個人感情は挟みません。少なくとも、調査そっちのけで依頼人を口説くような真似はしません」

「スーザンを見つけ出してくれたら、わたしがキューピッド役を引き受けますよ」

「それじゃ、何がなんでもスーザンさんを捜し出さなきゃな」

多門は軽口をたたいて、伝票を抓み上げた。

「勘定は、わたしに払わせてください」

高瀬が慌てて言った。

「いいんです、いいんです」

「そうですか。それではお言葉に甘えて、ご馳走になります。今夜は、もう調査は打ち切りなんでしょ？　どこか近くの飲み屋で返礼させてください」

「もう少しサムたちの動きを探ってみたいんだ。別の機会に一緒に飲みましょう」

多門は言って、おもむろに立ち上がった。高瀬も腰を上げた。

二人はカフェの前で別れた。

午後十一時半だった。多門は近くの路上に駐めてあるボルボXC40に乗り込み、『ブルース』に向かった。

サムたちの溜まり場の真ん前に、一台のマイクロバスが横づけされている。エンジンはかかっていた。多門はマイクロバスの三、四十メートル後方にボルボを停め、すぐにライトを消した。

数分が流れたころ、『ブルース』から二人の黒人の男が出てきた。大柄なほうはマイクだった。もうひとりはサムだ。

二人はマイクロバスに乗り込んだ。どこに行くのか。多門は尾行してみる気になった。

マイクロバスが走りだした。

多門は充分な車間距離をとってから、車を発進させた。マイクロバスは裏通りから外苑東通りに出て、六本木交差点方面に向かった。

多門は慎重に追尾しつづけた。

マイクロバスは六本木交差点を通過し、飯倉の方向に進んでいる。ナイジェリア・マフィアのアジトの『アース』に殴り込みに出かけるのか。

しかし、そうではなかった。マイクロバスは六本木五丁目交差点を右折し、鳥居坂に入った。

どうやらサムたちは、また『グローバル』に押し入る気らしい。

多門の勘は正しかった。マイクロバスは、飲食店ビルの少し先に停まった。多門は車を脇道に入れ、グローブボックスから消音器付きのヘッケラー&コッホP7を取り出した。

それを腰の後ろに差し込み、大急ぎで車を降りる。中腰で飲食店ビルまで走り、二階の『グローバル』まで駆け上がった。

多門は、白人ホステスばかりを揃えた高級クラブの扉を開けた。

フロアマネージャーの小林がにこやかに近づいてきた。

「いらっしゃいませ。また来ていただけると思っていました。さ、奥のほうに！」

「ドアの内錠を掛けて、ホステスたちを安全な場所に誘導してくれ」

「いったい何事なんです？」

「また黒人のグループが、ここにやってくる。連中はおれが追っ払うから、絶対にドアを開けるな」

多門は店の重厚な扉を閉め、階段の陰に身を潜めた。消音器付きの自動拳銃を腰から引き抜いて、襲撃者たちを待つ。

少し経つと、二つの影が階段を駆け上がってきた。

二人とも、アメリカ大統領のゴムマスクで顔面を覆い隠している。背恰好(せかっこう)から察して、サムとマイクだろう。

多門は二人の足許に九ミリ弾を放った。銃弾はステップの角にあたり、大きく撥(は)ねた。

ゴムマスクを被った二人が、それぞれ懐を探(さぐ)った。多門はもう一発、威嚇射撃した。

怪しい男たちは何か言い交わし、階段を駆け降りはじめた。多門は追った。

飲食店ビルから走り出ると、二人はマイクロバスに向かって懸命に駆けている。多門は路面に片膝を落とした。膝撃ちの姿勢(ニーリング・ポジション)で引き金(トリガー)を絞った。

狙ったのは大男の左脚だった。

的(まと)は外さなかった。巨漢が前屈(まえかが)みに倒れる。

多門は、もうひとりの男の太腿に狙いを定めた。しかし、弾(たま)は逸(そ)れてしまった。

サムと思われる男が振り向きざまに、撃ち返してきた。銃声は聞こえなかった。サイレンサー付きの拳銃をぶっ放したのだろう。

とっさに多門は身を伏せた。

銃弾が右耳の近くを抜けていった。衝撃波で一瞬、聴覚を失った。

発砲した男がマイクロバスの中に飛び込んだ。路上に倒れた男が何か英語で喚(わめ)いた。

だが、マイクロバスは急発進した。

多門は寝撃ち(プローン・ポジション)の姿勢をとった。マイクロバスのタイヤを狙い撃ちする気になったのだ。

しかし、マイクロバスはみるみる遠ざかっていく。

多門は諦(あきら)め、倒れている男に駆け寄った。

大男が焦(あせ)って腰の後ろに手を回した。多門は、相手の顔面を蹴り上げた。

すぐに膝頭で巨漢の自由を封じ、ゴムマスクを引っ剝(ぱ)がす。やはり、マイクだった。

多門はマイクのブローニング・ハイパワーを奪って、腰の後ろに挟んだ。消音器は装着されていた。

「シュートしないでくれ」

大男のマイクが情けない声を出した。

「逃げたのはサムだな?」

「そう、サムね。『グローバル』のホステスたちを今夜こそスナッチしようと……」

「おまえも、ずいぶん薄情なボスを持ったもんだな。サムの野郎、てめえだけ逃げちまった」

「サム、ひどいよ。あんな男だとは思わなかったね。裏切りよ、これは」

「くどいようだが、おまえ、本当に白人たちのいる場所を知らねえのか？」

「知らない、嘘じゃないよ。サムがスナッチした白人たちをどこかに連れてった」

「そうか」

「サムの自宅を教えてもらおうか」

多門は消音器をマイクの心臓部に押し当てた。

「サム、家ないね。ホテルを転々としてる。それから、日本人の女たちのマンションに泊めてもらってるね」

「今夜、奴はどこに泊まることになってるんだ？」

「それ、わからないよ。でも、毎晩、二時ごろまで『ブルース』にいるね。それから、いつもホテルか、女の部屋に行ってる」

「そうか」

「おまえ、おれを殺す気か？」

「殺(や)るだけの価値はねえよ、おまえにゃ」

「おれ、もうサムのグループに戻らない。あいつはボスの資格ないよ。おまえのこと、もう狙わない。だから、おれの拳銃(ハンドガン)返してほしいね」

「ブローニングは迷惑料として貰っとく」

「それ、仕方ないね。おまえに上げる。その代わり、おれを車で病院に運んでくれ。オーケー？」

「甘ったれるんじゃねえ。這って病院に行きな」

多門は言い捨て、ボルボを駐めた脇道まで駆けた。

車に入ると、まずヘッケラー＆コッホＰ７の残弾をチェックした。二発だった。ついでに奪ったブローニング・ハイパワーの弾倉を抜く。ちょうど十発装塡されていた。役に立つときがあるだろう。多門は二挺の拳銃をグローブボックスに収め、スマートフォンを懐から取り出した。

電話をかけたのは『孔雀』だった。チコの職場だ。受話器を取ったのはママの早苗だった。

多門は名乗らずに、いきなり言った。

「チコに替わってくれねえか」

「その声はクマさんね。そうでしょ？」

「ああ」

「お久しぶりね。お元気？」

「なんとか生きてらあ」

「たまには遊びに来てよ。うーんとサービスするからさ」

「チコ、いねえのか？」

「いるわよ。いま、換わります」

ママの声が途切れた。少し待つと、チコの不機嫌そうな声が耳に流れてきた。

「さっきは何よ、電話を急に切っちゃってさ」

「悪かった。勘弁しろや。実はな、チコに頼みがあるんだ。すぐに店を出て、六本木に来てくれ」

「急にそんなこと言われたって、あたし、困るわよ。ようやくお客さんが来て、盛り上がってるとこなんだから」

「元大工の蘭子（らんこ）に任せて、とにかく六本木までタクシーで来てくれ」

「蘭子ちゃんは死んじゃったじゃないの」

「そうだったっけな。とにかく、おれに協力してくれ」

「ちゃんと説明してよ」

「サムって黒人を色仕掛けで罠に嵌（は）めてもらいてえんだ。そいつ、六本木の『ブルース』ってバーを溜まり場にしてる」

「何者なのよ、そのサムって男は？」

「六本木の連続拉致事件、知ってんだろ？」

　多門は確かめた。

「クマさん、あたしをばかにしてんの？　これでも新聞はちゃんと読んでるし、ネットやテレビのニュースだって観てるわ」

「わかった、わかった。そのサムって奴が白人狩りをしてるようなんだ。ちょっとした経緯があって、おれは拉致されたと思われるヤンキー娘を捜し出さなきゃならなくなったんだよ」

「クマさん、そのアメリカ人の娘をコマしたんでしょ？」

「そんな仲じゃねえよ。失踪人の友達に頼まれて、スーザン・ハワードって女性の行方を追ってんだ」

「そうなの。サムって奴が一連の事件を引き起こしたんだとしたら、かなり凶暴な男なんじゃない？　あたし、怖いわ」

「なに言ってやがるんだ。元は暴走族だろうが！」

「ええ、昔はね。でも、いまは身も心も女ですもの」

「なにもサムをぶっ飛ばせって言ってるんじゃねえんだ。色気をふりまいて、モヒカン刈りのサムを人気のない場所に誘い込んでくれるだけでいいんだよ」

「サムって、モヒカン刈りなの⁉　ずいぶん流行遅れのヘアスタイルしてんのね」

「そんなことは、どうでもいいじゃねえか。チコ、協力してくれるよな？」

「クマさんのためなら、一肌脱ぎたいとこだけど、ママがなんて言うかしらね？」

チコが瀬踏みするように言った。

「てめえ、駆け引きしてやがるんだな」

「お店を途中で抜け出すわけだから、それなりのメリットがないとね」

「五万、いや、十万やらあ」

「お金なんか欲しくないわ。あたしは、クマさんの愛が欲しいのよ」

「寝ぼけたこと言ってんじゃねえよ」

「朝まで一緒にいてくれなきゃ、あたし、六本木に行かない。本気よ」

「わかった。すぐにタクシーを拾ってくれ。おれは俳優座ビルの脇で待ってる」

「クマさん、あたしを騙すつもりじゃないでしょうね？」

「おめえと朝まで一緒にいりゃいいんだろ？」

「ええ、そう」

「夜が明けるまで、ずっとそばにいてやらあ。早く店を出ろ」

多門は電話を切って、ボルボを走らせはじめた。

2

チコがタクシーを降りた。

派手なファッションだった。まるで極楽鳥だ。

多門はボルボから出た。夜風が頬に心地よい。

「早かったでしょ？」

向き合うと、チコが得意顔で言った。午前零時を回っていた。

「ああ。チコ、ありがとよ」

「店はどこなの？」

「こっちだ」

多門は歩きだした。チコが従いてくる。

「東京ミッドタウンの裏にある檜町公園、知ってるか？」

「池のある公園でしょ？」

「そう。サムを檜町公園に誘い込んでもらいてえんだ」

「いいわよ」

「できたら、ディープキスぐらいしてやれ」

「いやよ、キスは。あたし、好きな男にしか唇は許さないことにしてるんだから」

「昔のお女郎さんみてえなことを言いやがる。なら、豊胸手術で膨らませた乳房(パイオツ)ぐらい触らせてやれや」

「そのぐらいは仕方ないわね」

「うまくやってくれ」

「ええ、任せてちょうだい。サムって奴を締め上げたら、クマさん、あたしのマンションに来てよ。それとも、ホテルで愛し合う？　あたしは、どっちでもいいわ」

「それは、後で決めよう」

多門は話を合わせて、足を速めた。チコが小走りに追ってくる。

ほどなく『ブルース』に着いた。イルミネーションが明滅している。

「喉仏(のどぼとけ)、ちゃんと隠れてる？」

チコが首に巻いたベルトチョーカーの位置を手で確かめた。

「ああ、隠れてるよ」

「胸も大事なとこも女になれたんだけど、尖(とが)った喉仏は引っ込めようがないのよね。女性ホルモンのおかげで、もう髭はほとんど生えなくなったけど」

「いい女に見えるよ」

「クマさんにそう言ってもらえると、あたし、嬉しい！　ところで、クマさんはどこで張り込むつもりなの？」

「このあたりの暗がりに立ってらあ。何かあったら、すぐに救けてやるよ。頼んだぜ」

多門はチコの背を押した。

チコが腰を左右に振りながら、『ブルース』の中に消えた。多門は『ブルース』からは死角になる場所に身を潜め、ロングピースに火を点けた。

一服し終えたとき、マナーモードに設定してあるスマートフォンが懐で震動した。

発信者は女友達の新森美寿々だった。二十四歳のクラブ歌手である。

「よう、美寿々ちゃん！　明日あたり、電話しようと思ってたんだ」

「いろんな女性に、同じことを言ってたりして」

「あんまりいじめないでくれよ。おれは美寿々ちゃん一筋なんだから」

「そういうことにしといてあげる」

「何か困ったことでも？」

「ううん、そうじゃないの。来春、大手レコード会社からＣＤシングルを出してもらえることになったのよ」

「ほんとかい。そいつはよかったな。苦労した甲斐があったじゃないか」

「ええ、ようやく夢が叶ったわ。プレス枚数は一万なんだけど、わたしが作詞作曲したバラード風の歌を採用してくれたの。だから、余計に嬉しくってね。それで、クマさんに報告しなくちゃと思って、電話をしたの」

「そうかい、そうかい。おれも嬉しいよ。ＣＤデビューの祝賀パーティーをやんなきゃな」

多門は言った。

「祝賀パーティーなんて大げさよ。でも、クマさんにはいろいろ励まされたから、二人で乾杯しましょ」

「ああ、喜んで。レコーディングはいつなのかな？」

「来月の上旬の予定なの。それから、年内にジャケットの撮影も済ませちゃうんだって」

「海外ロケに行くわけか？」

「ううん、撮影は横浜よ。新人だから、海外ロケなんてとてもとても……」

「美寿々ちゃんを五番街あたりの街角に立たせたら、絵になると思うがな。それはとにかく、近いうちに前祝いをやろう」

「わたしは、いつでもいいわ。クマさんの都合に合わせるわよ」

「ここ数日は無理だが、来週あたりにやりたいな。こっちから、都合のいい日を早めに連絡するよ」

「そうして。それじゃ、お寝(やす)みなさい」

美寿々が電話を切った。

夢は追いつづけるものだ。多門はスマートフォンを上着の内ポケットに戻した。

美寿々は中学時代からプロの歌手になることを夢見ていた。歌はうまく、ルックスも悪くない。これまで幾度もプロデビューのチャンスがあったのだが、さまざまな理由で実現しなかった。

クラブ歌手で生計を立てながら、美寿々は夢を紡(つむ)ぎつづけてきた。

その姿勢に多門は心打たれ、彼女にライブハウスを持たせてやりたいと本気で考えた。

それだけに、ＣＤデビューの話はわが事のように喜ばしかった。美寿々は、女としても魅力があった。気立てがよく、不器用な生き方しかできない人々には心優しい。

多門とは、セックスの相性もよかった。美寿々はベッドで奔放(ほんぽう)に振る舞い、全身で歓喜を表す。手放したくない女友達のひとりだ。

しかし、美寿々が本格的にデビューしたら、男の影はマイナス材料にしかならない。場合によっては、芸能週刊誌にスキャンダルとして書き立てられてしまうだろう。

美寿々の将来を考えると、自分は遠ざかったほうがいいのかもしれない。そうしてやろう。

多門は密(ひそ)かに意を決した。

そのすぐ後、二人の酔った白人男性が近づいてきた。どちらも二十代の半ばに見えた。

片方は金髪で、細身だった。栗色の髪をした男は肩や胸が厚かった。

「コケイン、買わないか。覚醒剤(スピード)もＬＳＤもあるよ」

ブロンドの男が言った。

「おめえら、いい度胸してんな。おれは刑事(コップ)だぜ」

「面白いね、おまえ。麻薬(ドラッグ)欲しくないんだったら、拳銃(ハンドガン)売るよ」

「うざってえな」

「その日本語、わからない」

「うっとうしいんだよ。さっさと消えな」

多門は男たちを等分に睨んだ。すると、栗毛の白人が口を開いた。

「ユー、ちょっとモグリね」

「モグリ?」

「おれたち、『ワイルドキッド』のメンバーね」

「なんだよ、それは?」

「ユー、それも知らない⁉ 『ワイルドキッド』は、六本木を仕切ってる白人のグループね。おれたち、やくざ(ギャングスター)よりも強い。黒人どもも目じゃない」

「だから、なんだってんだ?」

「ユー、何か買う。わかったな」

「目障(ざわ)りなんだよ」

多門は栗毛の男を肩で弾き飛ばし、金髪男に横蹴りを放った。

二人は相前後して路上に転がった。多門は踏み込んで、二人の白人を交互に蹴りつけた。男たちは立ち上がると、一目散に逃げ去った。

多門はせせら笑って、また煙草をくわえた。

半分ほど喫(す)ったとき、『ブルース』からチコとサムが現われた。モヒカン刈りの黒人は、チコの腰に腕を回していた。

多門は暗がりの奥に引っ込み、煙草の火を踏み消した。

チコとサムが歩きだす。多門は三十秒ほど経ってから、二人を尾(つ)けはじめた。腰の後ろには、消音器付きのヘッケラー&コッホP7を挟んである。ブローニング・ハイパワーはボルボの中だ。

チコたちは東京ミッドタウンの手前を右に曲がった。道なりに進めば、ほどなく左手に檜町公園が見えてくるはずだ。

多門は細心の注意を払いながら、二人を尾行しつづけた。

サムは無防備そのものだ。歩きながら、チコのヒップを撫で回している。一度も振り返らなかった。

やがて、二人は公園の中に足を踏み入れた。

多門は足を速めた。園内に入って、闇を透かして見た。

チコとサムは池の畔の繁みの中にいた。二人は抱き合っていた。多門は足音を殺しながら、二人に忍び寄った。

急にサムがチコを後ろ向きにさせた。

「あなた、木に抱きつくね。それで、お尻を後ろに突き出す。わかった?」

「ちょっと待ってちょうだいよ。ここで、セックスしちゃうわけ⁉」

「わたし、とってもあなたのこと好きになった。だから、早くメイクラブしたいね」

「青カンなんて落ち着かないわ」

チコが前に向き直った。

「その言葉、難しい。意味教えて」

「野外セックスのことよ。外で愛し合うなんて恥ずかしいわ」

「ここ、暗いね。誰もいない。あなた、恥ずかしくないよ」

「でも、抵抗があるわ。どこかホテルに行きましょう」

「もう待てないね。わたしの男根(ディック)、ハードアップしてる。早くあなたのプッシーの中に潜(もぐ)り込みたがってるよ。あなた、木に抱きつく。オーケー？」

サムがチコの体を反転させた。チコが渋々、樹幹に肩口を預けた。サムがチコのスカートの裾を捲(めく)り上げ、パンティーストッキングやショーツを引き下げた。

「そんなに強く引っ張らないで。ガードルもパンティーもイタリア製なんだから」

「後で、お金あげる」

「ほんとに？」

チコが確かめた。

サムは返事をするだけの余裕がないようだった。息を弾ませながら、チノクロスパンツとトランクスを踝(くるぶし)まで一気に下げた。

「ね、もう一度見つめ合いたいわ」

「インサートが先ね」

「それじゃ、あなたの息子(ディック)を舐めさせて」

チコが上体を捻(ひね)った。なんとか時間を稼ぎたいのだろう。しかし、サムは首を振って乱暴にチコの腰を抱え込んだ。

「てめえのマラなんか入れさせるけえ」

チコが男言葉で啖呵(たんか)を切って、サムに肘打ち(エルボー)を浴びせた。

「あなた、何を言ってる？　男みたいね」

「男なんだよ、元はな」

「嘘ね、それ。おっぱい、ちゃんと膨らんでる。どういうこと⁉　わたし、頭がおかしくなっちゃうよ」

サムは困惑した様子だった。多門は、わざと足音をたてた。サムがびくっとした。

多門はサムの腰に消音器の先端を押しつけた。サムが素っ頓狂(すっとんきょう)な声を洩らし、体ごと振り向いた。

「まんまと罠に引っかかりやがったな」

多門はほくそ笑んだ。

「この女、おまえの味方か？」

「そうだ。でも、そいつは純然たる女じゃねえ。元は男なんだよ」

「わたし、信じられない。どう見ても、セクシーな女ね」

「おっ立ててるものを隠しな」

「わ、わかった」

サムがトランクスとチノクロスパンツを一緒に引っ張り上げた。チコもランジェリーやパンティーストッキングを本来の位置に戻した。

「クマさん、遅すぎるわよ。あたし、もう少しで姦られるとこだったんだからねっ」

「突っ込まれる前に救けてやったさ」

「あたしをどきどきさせて、面白がってたんでしょ？」

「いいじゃねえか、姦られたわけじゃないんだから」

多門はチコに言って、サイレンサーをサムの側頭部に当てた。

「マイクが怒ってたぜ、置きざりにされたんでな」

「なんの話か、わからないね」

「とぼけやがって。アメリカ大統領のゴムマスクを被って、マイクと『グローバル』に押し入ろうとしたじゃねえか」

「………」

「あの店の白人ホステスを拉致する気だったんだなっ」

「マイクは、おまえに何話した？」

サムが問いかけてきた。

「おめえの命令で、白人狩りをしたことをあっさり認めたぜ」

「それなら、おれ、喋る。三十人の白人男女は、おれがスナッチさせたね」

「スーザンたちは、どこにいるんだっ」

「それ、わからない」

「わからないだと!?」

「そう、わからないよ。おれ、白人ども憎んでる。だから、スナッチビジネスを引き受けた」

「スナッチビジネス？」

「そう。ある男が言った。白人(ホワイト)をスナッチしたら、ひとりに付き三十万円くれるとね。三十人で三百万、三十人で九百万円になる。いい商売よ」

「ある男って、誰なんだ？」

「それは言えない」

「なら、言えるようにしてやろう」

多門はサムの片方の耳を抓み、消音器の先を近づけた。チコが焦って、サムから三、四メートル離れる。

「おれの耳、撃つのか⁉」

サムが掠れ声を洩らした。

多門は無造作に引き金を絞った。かすかな発射音がした。空気の洩れるような音だった。サムが悲鳴をあげ、その場にしゃがみ込んだ。外耳は血塗れだった。銃弾は貫通していた。

「耳が、耳が聴こえない。ううーっ、痛いよ」

「次は眉間に撃ち込むぜ」

多門は威した。

「や、やめろ！　おれにスナッチビジネスの話を持ちかけてきたのは、東門会の若頭ね。名前、尾藤吉男よ。スナッチした奴らは、全員、尾藤さんに引き渡した。だから、おれ、三十人がどこにいるかわからない。ほんとよ」

「尾藤って奴は、スーザンたちをどうするって言ってた？」

「白人たちを使って、何かショーやると言ってた。おそらく、セックスショーね」

「当然、尾藤には連絡がつくなっ」

「スマホのナンバー、知ってる」

「すぐに尾藤に電話して、ここに来るよう言え！」

「こんな真夜中に⁉　尾藤さん、もう寝てると思うよ」

サムが言った。

「ヤー公は、たいてい宵っ張りなんだ。まだ寝てやしねえだろう」

「尾藤さんに、なんて言う？」

「『グローバル』のホステスを二人だけスナッチできた。その二人を直に引き渡したい。そう言え！」

「そんな話、尾藤さん、信じないよ。ううっ、耳が痛い。血も止まらないね。尾藤さんには、明日、電話する。それで、オーケーね？」

「そうはいかねえんだよ」

多門はサムのポケットを探り、スマートフォンを取り出した。それをサムの手に押しつけ、チコにライターを点けさせた。

サムが観念し、スマートフォンのアイコンをタップした。ややあって、電話が繋がった。

多門はスマートフォンに耳を近づけた。

「尾藤さん、『グローバル』のホステス二人をスナッチしたね」

「サムだな?」

「そう。いま檜町公園の池のそばにいるね。女たち、あなたに渡すよ。すぐ公園に来てほしいね」

「これからだと!?」

「そう」

「明日にしようや、明日によ」

「困るよ、それ。どうしても今夜、二人の女を渡したいね」

「サム、なんか様子が変だな。おめえのそばに、誰か妙な野郎がいるんじゃねえのか?」

「女たちだけね、そばにいるのは」

「おめえの声、なんだか苦しそうだな。サム、誰かに締められたんじゃねえのか?」

「尾藤さん、考えすぎね。ミーは早く謝礼が欲しいだけ。二人分の六十万円、持ってきて。オーケー?」

「ああ、わかったよ。二十分かそこらで、そっちに行くよ」

「待ってるね」

通話が終わった。チコがライターの炎を消した。

「先にマンションに帰っててくれ」

多門はチコに言った。

「あたしもつき合うわよ」

「これから痛めつけようと思ってる野郎は、堅気じゃねえんだ。チコを巻き添えにしたくないんだよ。後で、おめえの部屋に行かあ」

「ほんとね？」

「ああ」

「それじゃ、シャワーを浴びてベッドで待ってるわ。クマさん、油断しちゃ駄目よ」

チコがそう言い、公園から出ていった。

多門はサムを遊歩道に腹這いにさせ、自分は近くのベンチに腰かけた。

「尾藤は、いくつなんだ？」

「四十六ね」

「でけえ野郎なのか？」

「背はあまり高くないね。でも、ちょっと怕(こわ)い感じ。全身、刺青(タトゥー)だらけね。それから、両手の小指がない」

「いつも拳銃を持ち歩いてるのか？」

「それ、わからない。でも、いつも子分たちと一緒ね」

「そうかい」

「ユーは尾藤さんと話がある。でも、ミーは尾藤さんに会いたくない。もうここにいたくないよ」

「もう少しつき合えや。おめえを弾除けにしてえんだよ」

「アンラッキーね」

サムが長嘆息して、口を噤んだ。

多門は煙草をくわえた。風が園内の樹木を小さく揺らしている。常緑樹の葉擦れの音は、どこか潮騒に似ていた。

複数の足音が近づいてきたのは、数十分後だった。

多門はサムを立たせて、サイレンサー付きの自動拳銃を構えた。影絵のように見える植え込みの陰から、二つの人影が現われた。

ほとんど同時に、闇の向こうで二つの銃口炎が閃いた。銃声が重なる。

サムが短く呻いて、その場にうずくまった。右腕のどこかを撃たれたようだ。

多門は姿勢を低くして、近くの繁みの中に走り入った。すぐに数発の銃弾が放たれた。

どれも標的からは外れていた。灌木の枝が弾き飛ばされ、太い樹木の幹に弾がめり込んだ。

こちらの残弾は一発だ。敵の二人が近づいてくるまで待とう。

多門は逸る気持ちを鎮めた。サムは唸り声をあげている。銃声は熄んだままだった。

少し経つと、急に乱れた足音がした。

その靴音は次第に遠ざかっていった。逃げたのだろう。

「二人の男、多分、尾藤さんの子分ね。あいつら、ミーまでシュートした」

サムが言った。

「尾藤がおめえも始末しろって言ったんだろうよ」

「そうだとしたら、それ、汚いね。おれ、尾藤さんに協力した。三十人も白人狩ってやったね。これからも、たくさんスナッチするつもりだった」

「尾藤は白人狩りのことが発覚したと思って、おめえも消す気になったんだろう」

「それ、恩知らずね。おれ、怒るよ」

「尾藤は、おめえを片づける気だったんだ。もう奴を庇う必要はねえだろうが。尾藤が東門会の事務所に顔を出す曜日を教えてくれ」

「曜日、決まってないね」

「行きつけの店は？」

「インドネシア料理の『ジャワ』やタイ料理の『チャチャイ』で時々、食事してるね。でも、最近はあまり街を歩かなくなった。尾藤さん、白人どもの組織（シンジケート）の『ワイルドキッド』の奴らと仲悪いね。連中は麻薬（ドラッグ）や拳銃（ハンドガン）の密売してるけど、東門会に挨拶しなかった。それ、ちょっと問題ね。それで、尾藤さん、顔を潰（つぶ）された。だから、腹いせに白人狩りをする気になったのかもしれないね」

「尾藤の自宅はどこにあるんだ？」

「それは、わからない。尾藤さん、たいがい奈々（なな）という女のマンションに泊まってる。マンション、広尾のほうにあるね。でも、詳しいアドレス知らない」

「奈々というのは、クラブホステスか何かか？」

「それ、違うね。奈々、ＡＶ女優よ」

「そうかい。耳と腕、だいぶ痛そうだな？」

「痛いよ、すごく」

「それじゃ、しばらく痛みを忘れさせてやらあ」

多門は蟹股（がにまた）でサムに歩み寄り、こめかみを三十センチの靴で蹴りつけた。サムは体を半回転させ、そのまま悶絶した。

杉浦に、少し尾藤のことを調べてもらうか。

多門は遊歩道をたどって、公園の出入口をめざした。

3

着信音が響きはじめた。

多門は大急ぎでスマートフォンを口許に近づけた。

渋谷の宮益坂(みやますざか)の途中にあるコーヒーショップだった。午後三時過ぎだ。

「クマさんの嘘つき！」

チコがのっけに喚(わめ)いた。

「おめえのとこに行く気はあったんだよ。けど、檜町公園で尾藤の舎弟どもに襲われてな」

「怪我したの？」

「ああ、ちょっとな」

多門は、もっともらしく答えた。

「撃たれたの？　それとも、どこかを刺された？　ね、病院はどこなの？」

「別に入院したわけじゃねえよ。さんざんぶちのめされたけどな」

「心配だから、あたし、これから代官山に行く。果物だったら、食べられる？」

「口の中を切っちまったんだ。何も喰いたくねえな」

「でも、クマさんのマンションに行ってみる」

「チコの気持ちは嬉しいが、きょうは誰とも会いたくねえんだ。東門会のチンピラに叩きのめされたことがショックなんだよ。これまで喧嘩(ゴロ)で負けたことはなかったんでな」

「超人じゃないんだから、そういうこともあるわよ」

　チコが真面目な声で慰めた。

「しかし、相手はチンピラどもだったんだ。ショックはでけえよ」

「クマさん、あんまり気にしないほうがいいわ」

「二、三日すりゃ、元気を取り戻すと思うよ。それまでは誰にも会いたくねえんだ」

「わかったわ。クマさんがそう言うんだったら、あたし、お見舞いには行かないことにする」

「悪いが、そうしてくれ」

「それはそうと、結局、尾藤という奴は公園には現われなかったのね？」

「ああ、そうなんだ。二人の舎弟を差し向けてきやがったんだよ」

「そうなの。その二人にサムも加わって、クマさんを三人がかりで……」

「いや、サムは耳を押さえて、ずっと唸ってやがった」

「そうなの。クマさん、尾藤をやっつけるつもりなんでしょ？　あたし、またハニートラップで尾藤をどこかに誘い込んでもいいわよ」

「もうその手は使えねえだろう。何か別の手を考える」

「そう」

「約束を破っちまって、悪かったな。何かの形で、埋め合わせをするよ」

「怪我がよくなったら、あたしんとこに泊まりに来てよ」

「約束はできねえけど、前向きに検討してみらあ」

多門は調子を合わせて、通話を切り上げた。それを待っていたように、すぐにまたスマートフォンに着信があった。

発信者は依頼人の間宮留理江だった。

「調査はいかがでしょう？」

「スーザンを拉致した奴らがわかったよ」

多門は経過をかいつまんで話した。

「サムという男は、単に請け負い仕事をしただけなのでしょうか？　もしかしたら、東門会の尾藤という若頭と共謀して、三十人の白人男女を……」

「少し手荒なやり方でサムを締め上げてみたんだ。奴が苦し紛れに言い逃れを口にしたとは思えないな」

「そうですか。どちらにしても、まだスーザンたちの監禁場所はわからないわけですね?」

「尾藤をなんとか押さえて、口を割らせるつもりなんだ。もう少し時間をくれないか」

「多門さん、後は警察に任せたほうがいいんじゃないかしら? これ以上、あなたに危険な思いはさせられません」

「警察が動き出したら、犯人どもが拉致した連中を殺して、どこかに死体を埋めてしまうかもしれないんだ。警察を頼ることには賛成できないな」

「だけど、多門さんひとりだけでは危険すぎます」

「仕事柄、こっちの周りには特殊技能を持ったプロたちが何人もいる。そういう連中の手を借りながら、尾藤を追いつめてみるよ」

「決して無理はしないでくださいね。スーザンたちの安否が気がかりですけど、わたし、多門さんのことも心配なんです」

「気にかけてもらえて、嬉しいよ。昨夜、高瀬氏には素人探偵めいたことはやめろと忠告しといたが、機会があったら、きみからも彼に同じことを言っといてくれないか」

「はい、わかりました。それにしても、高瀬さんはスーザンのことを心底、愛してるんですね。自らの危険も顧みずに六本木に出かけて、サムのことを探り出したんですから」

　留理江が羨ましげに言った。

「きみのために、自分の命を捨ててもいいと思ってる男が何人もいると思うな」

「そんな男性、どこにもいませんよ」

「そんなことはない。少なくとも、ひとりはいるよ」

「どこに？」

「いま、きみと電話で話してる男さ」

「えっ、多門さんが⁉　でも、わたしたち、まだ知り合ったばかりですよ」

「つき合いの長さは関係ないよ」

「ええ、でも……」

「冗談だよ、冗談！」

　多門は慌てて言った。留理江の困惑ぶりが伝わってきたからだ。

「あまりびっくりさせないでください」

「こんなときに冗談を言うのは、まずいよな。さっきの話は忘れてくれないか。迷惑だったよな？」

「いいえ、迷惑だなんて感じませんでした。ただ、あまりに話が唐突だったので、返事のしようがなかったんです」

「それは、そうだよな。何か動きがあったら、すぐに連絡するよ」

多門は電話を切り、鹿革の茶色いジャケットのポケットにスマートフォンを突っ込んだ。レザージャケットの下には、黒い長袖シャツ一枚しか着ていない。

多門は真冬でも、ランニングシャツなどアンダーウェアは絶対に身に着けない。下も同じだった。多門は冷めかけたブラックコーヒーを飲み、煙草をくわえた。この店で、杉浦と待ち合わせていた。

多門は午前中に杉浦に電話をして、尾藤の顔写真を手に入れてくれるよう頼んであった。杉浦は二つ返事で引き受けてくれ、ついでに尾藤の愛人のことも調べてみると言っていた。

煙草を喫い終えたとき、杉浦が店に入ってきた。

「杉さん、どうだった？」

「仕事はいつだって完璧よ」

「大きく出たね」

多門は言って、顎をしゃくった。杉浦がテーブルの向こう側に坐り、ホットココアを注文した。

「急に甘党になったな」

「別に好きでココアを頼んだんじゃねえよ。ココアは体にいいって聞いたもんでな」

「杉さんが健康管理に気を配るようになったか」

「笑いたきゃ、笑いな。おれが若死にしたら、かみさんはひとりぼっちになっちまう。女房より早くくたばるわけにゃいかねえじゃねえか」

「ちょいといい話だね」

「からかうんじゃねえや」

「おれ、マジで言ってんだがな」

多門は口を尖らせた。杉浦が微苦笑し、ハイライトに火を点けた。

ウェイトレスがホットココアを運んできた。彼女が遠ざかると、杉浦が卓上にコピー写真を拡げた。

「こいつが尾藤だよ。額が狭くて、三白眼だ。典型的な悪人面だな」

「ほんとだね。サムの話だと、尾藤は総身彫りの刺青を入れてるらしい。両手の小指もねえとか言ってたな」

「ああ、そのことは麻布署にいる知り合いから教えてもらった。尾藤の家（ヤサ）は千駄ヶ谷（せんだがや）にある。けど、めったにてめえの家には帰ってない」

「愛人（レコ）んとこに泊まってるんだな？」

多門は確かめた。

「ああ。ＡＶ女優の荒木（あらき）奈々の自宅は広尾にある。芸能記者を装（よそお）って、所属プロに電話をかけたんだ。いろいろ教えてくれたよ」

「そう」

「驚いたことに、荒木奈々は芸名じゃなく、本名だったよ。まだ二十三なのに、いい度胸してやがる。横須賀（よこすか）の歯医者のひとり娘なんだが、高二のときに遊び仲間と一緒に家出（ヤサグレ）して、お定まりのコースをな。四年前に風俗嬢やってるときにスカウトされて、ＡＶ界入りしたわけだ」

「出演したＡＶの本数は？」

「二十五、六本だそうだ。そのビデオの販売を東門会がやってたことから、奈々は若頭の尾藤に囲われることになったらしい。これが奈々だよ」

杉浦が懐からＡＶのカセットケースを取り出した。煽情（せんじょう）的なタイトルの下に、黒いバイブレーターをくわえた女の顔がアップで写っていた。女は全身を紅色の紐(ひも)で縛られ、獣と同じ姿勢をとらされている。

「こいつをどこから？」

「レンタルビデオ屋から、ケースだけを盗(ギ)ってきたんだ。そいつが最新のＡＶだよ。頭は悪そうだが、肉体(ボディー)はいいな」

「ああ。巨乳だが、ウエストはぐっとくびれてるね」

「奈々のビデオは変態プレイが多いみてえだな。多分、本人もアブノーマルプレイが好きなんだろう」

「杉さん、いい手を思いついたよ」

多門は指を打ち鳴らした。

「どんな手だ？」

「おれはネットシネマの制作会社の社長に化けて、奈々の自宅を訪ねる。ＡＶじゃなく、ちゃんとしたネットシネマの出演交渉なら、奈々も部屋に上げてくれるだろう。杉さんには、プロデューサーか監督になりすましてもらう」

「クマ、勝手に決めんなって」

「ま、聞いてよ。杉さんが奈々と話し込んでる隙に、おれは寝室にＣＣＤカメラをこっそり仕掛ける。それで、尾藤の変態プレイを撮る。いい手だろ？」

「何もそんなに手の込んだことをやらなくても、東門会の事務所か奈々のマンションの近くで尾藤を押さえりゃいいだろうがよ」

杉浦がそう言い、ホットココアを音をたてて啜った。

「昨夜のことがあるから、尾藤は番犬の数を増やしたはずだ。奴を押さえるには、かえって時間がかかるよ。どこかでCCDカメラを調達して、おれたち二人の偽名刺をスピード印刷屋でこさえよう」

「クマ、おれはまだ協力するとは言ってねえぞ」

「きょうの分は二十万払うよ。それで、手を打ってほしいな」

「強引な野郎だ。けど、謝礼は悪くねえな。前払いなら、協力すらあ」

「わかったよ」

多門は先に二十万円を杉浦に渡した。

それから間もなく、二人は喫茶店を出た。必要なものを買い揃え、スピード名刺屋に駆け込んだ。

奈々の住む『広尾コーポラス』に着いたのは、夕方の五時過ぎだった。

オートロック・システムのマンションではなかった。管理人もいない。

多門たちはエレベーターで四階に上がった。函(ケージ)を出ると、杉浦が言葉を発した。

「クマ、奈々って女を人質に取ったほうが手っ取り早いんじゃねえのか？」

「その通りなんだが、おれは女性を利用するような真似はしたくないんだよ。尾藤の愛人(レコ)だからって、異性を粗末に扱いたくねえんだ」

「どんな女も観音さまだってわけか」

「実際、その通りだね。杉さん、そう思わない？」

「おれは、そうは思わねえな。きらびやかに着飾ってても、性悪女(しょうわるおんな)が大勢いるじゃねえか」

「女性が狡(ずる)くなったり、高慢になったりするのも、すべて男のせいだよ。本来、女性たちは誰もが天女なんだ。でも、生(お)い立(た)ちや関わった男の影響で一時(いっとき)、堕落するだけなんだよ。何かのきっかけで、女たちは必ず本来の姿に戻る。おれは、そう信じたいね」

多門は言った。

「クマは女に関しちゃ、中学生並に無防備だな。呆(あき)れるぜ」

「誰が何と言おうと、女性は観音さまだよ」

「そうかい、そうかい。奈々の部屋に尾藤がいたら、どうするんでえ？」

「この時間なら、尾藤はいねえだろう。一応、若頭なんだ。女の部屋に入り浸(びた)ってるわけにゃいかねえだろう」

「ま、そうだな」

「杉さんは、ネットシネマの監督だぜ。そのつもりで、よろしくな」

「ああ、うまくやらあ」

二人は四〇五号室に急いだ。

荒木という表札が掲げてあった。多門は部屋のインターフォンを鳴らした。ややあって、若い女性の声がスピーカーから零れてきた。

「どなたでしょう?」

「突然、お邪魔して申し訳ありません。わたくし、『サンライズ映像』の社長の鈴木一郎といいます」

「AV屋さん?」

「いいえ、わが社ではネットシネマを年に十タイトルほど制作しています。失礼ですが、女優の荒木奈々さんですよね?」

「ええ、奈々よ。女優といっても、マイナーもマイナーだけどさ」

「いまは、確かにメジャーではないかもしれません。しかし、あなたは必ずメジャーの大女優になりますよ」

「お世辞とわかってても、そんなふうにヨイショされると、悪い気はしないわ」

奈々の声は弾んでいた。

「社交辞令なんかじゃありません。実はですね、一億円の予算で今度百二十分のネットシネマを制作することになったんですが、ぜひ奈々さんに主役を張っていただきたいと思いましてね」

「えっ、わたしをネットシネマの主演女優にしてくれるわけ⁉」

「ええ。ベッドシーンは、まったくありません。演技派として、再デビューしていただきたいのですよ」

「冗談でしょ？」

「いいえ、本気も本気です。きょうは、いま売り出し中のネットシネマの監督の犬飼洋次先生とご一緒しました。奈々さん、お話だけでも聞いていただけないでしょうか。どなたか部屋にお客さまでも？」

多門は訊いた。

「ううん、わたしひとりよ」

「そうですか。で、いかがでしょう？」

「ぜひ、お話をうかがいたいわ。いま、ドアを開けます」

スピーカーが沈黙した。

多門は杉浦と顔を見合わせ、ほくそ笑んだ。

待つほどもなくドアが開けられた。奈々は、薄手のニットドレスを着ていた。色はパープルだった。乳房が西瓜のように大きい。人気のフェロモン女優に目許がよく似ている。

多門と杉浦は名乗って、それぞれ偽名刺を奈々に手渡した。奈々が二枚の名刺を押しいただき、多門たちを十二畳ほどのリビングルームに案内した。

間取りは2LDKだった。居間を挟んで、十畳の寝室と八畳の和室があった。

「どうぞ坐って」

奈々がそう言い、ダイニングキッチンに足を向けた。コーヒーを淹れてくれる気らしい。

多門は杉浦と総革張りの三人掛けの椅子に並んで腰かけた。家具や調度品は、どれも安物ではない。

「わたしの所属事務所のほうには、もうネットシネマ出演の件は？」

「いいえ、まだ話は通していません。まず奈々さんのお気持ちをうかがってからと思いましてね」

多門は話を合わせた。

「わたし、ぜひ出たいわ。ちゃんとしたネットシネマに出られるんなら、ノーギャラでもいいくらいよ」

「撮影で約三週間拘束することになりますが、主演女優のギャラは六百万円ほど予算を組んでます」

「へえ、六百万円も。大女優みたい！」

「監督料が三百万だから、ちょうど倍だね」

杉浦が芝居を打ちはじめた。

「監督の倍のギャラなんて貰えないわ。わたし、二百五十万で結構よ」

「いやいや、きみは六百万のギャラを取るだけの価値があるよ。何よりも存在感がある。本気で頑張れば、劇場用映画、つまり、本編(ほんぺん)でも充分に通用するだろう」

「監督さんにそこまでおっしゃっていただいたのだから、わたし、死ぬ気で頑張っちゃう！」

奈々がはしゃぎ声で言い、三人分のコーヒーを運んできた。コーヒーカップをテーブルに置くと、彼女は多門の正面のソファに坐った。

「わたし、不勉強でネットシネマのことはよく知らないの。『サンライズ映像』さんは、どういう傾向の作品を？」

「ハードボイルド系のサスペンス・アクションが多いんですが、今回の企画はホラー色を取り入れたサイコ・サスペンス物なんですよ」

「わっ、面白そう。それで、わたしはどんな役柄なの？」

「新米の心理療法士です。恋人の精神科医の勤務してる大学病院で死体が次々に盗まれて、医者や看護師たちが惨殺されるんです。精神科の患者が疑われるんですが、実は犯人はヒロインの恋人だったという筋立てなんですよ」

多門は出まかせを言い、かたわらの杉浦に声をかけた。

「犬飼監督、シナリオの予定稿を持ってきてくれました？」

「おっと、いけない。忘れてしまったな」

「それじゃ、明日にでもまたお邪魔して、予定稿をお持ちしましょう」

「そうだね」

杉浦が短く応じ、ハイライトに火を点けた。

多門はコーヒーをひと口飲んでから、奈々に言った。

「いいお部屋だな。場合によっては、撮影に使わせてもらうかもしれません。かまいませんか？」

「ええ、いいわよ」

「ちょっと部屋の中を見せてもらってもいいかな？」

「散らかってるけど、どうぞ！」

奈々が快諾した。

「監督、演技指導の話もあるでしょうから、後はお任せしますよ」

多門は杉浦に言って、ソファから立ち上がった。

リビングルームをざっと見回し、最初に和室に入った。次にダイニングキッチンを眺め渡し、最後に寝室に入った。

ダブルベッドがほぼ中央に据え置かれ、出窓側に三面鏡やチェストが並んでいる。反対側のクローゼットを覗くと、女物と男物の衣服が半々ずつハンガーに掛かっていた。背広の裏側のネームを見ると、ローマ字で尾藤の姓が入っている。どうやら東門会の若頭は、ここで奈々と半同棲をしているようだ。

今夜も愛人とベッドの上で絡み合うのかもしれない。

クローゼットの扉は、隙間のあるローバータイプだった。多門はレザージャケットのポケットからCCDカメラを取り出し、クローゼットの扉の上部に粘着テープで固定した。

レンズは直径二ミリだった。カメラ自体も小さい。まず見つけられる心配はないだろう。

モニターはボルボの中にある。映像は、いつでも録画できる造りになっていた。作業完了だ。引き揚げるか。

多門はクローゼットの扉を静かに閉めた。

4

生欠伸(なまあくび)が止まらない。

退屈だった。モニターの映像に変化はなかった。

多門は目頭を押さえた。暗い車内で何時間もモニターを観ていたため、目が疲れはじめたのだ。

すでに午後九時過ぎだ。

ボルボXC40は『広尾コーポラス』の裏通りの暗がりに停めてある。奈々の部屋を辞去して、すぐに杉浦とは別れた。その後、多門はずっとモニターを眺めていたのだ。

寝室の照明が灯ったのは、九時二十分ごろだった。

モニターに、奈々の姿が映し出された。素肌に淡い水色のベビードールをまとっていた。透けて見える裸身が妖しい。短冊（たんざく）の形に繋った飾り毛は濃かった。

奈々がベッドカバーと羽毛蒲団をはぐり、フラットシーツの上に白いゴムシートを重ねた。

そのとき、全裸の尾藤が寝室に入ってきた。全身の肌を刺青で飾っている。首には、太いゴールドのネックレスを掛けていた。

ようやくライブショーの開始だ。

多門は録画スイッチを入れ、煙草に火を点けた。

尾藤は濡れた頭髪をバスタオルで拭うと、ダブルベッドに仰向けになった。すかさず奈々が尾藤にアップリケの付いた白い涎（よだれ）掛けを付け、口に哺乳壜（ほにゅうびん）をくわえさせた。中身は果汁のようだった。

尾藤は哺乳壜を吸いつけながら、両脚を乳児のようにばたつかせた。奈々が尾藤の下半身を手で押さえつけ、白いパウダーを股間にはたきつけはじめた。汗疹（あせも）止めのシッカロールだろうか。

尾藤が身を捩（よじ）る。奈々が母親のような手つきで尾藤をなだめ、時々、ペニスを抓（つま）んで揺さぶり立てた。すると、尾藤はくすぐったそうに笑った。

やくざが幼児プレイにハマっているのか。ただのファックシーンより、はるかに弱みになるだろう。

奈々が尾藤に紙おむつをさせると、何かチューブを手にした。多門は目を凝らした。コンデンスミルクのチューブだった。

情事の小道具に蜂蜜やソフトバターが使われているという話はよく聞く。しかし、コンデンスミルクには意表を衝かれた。奈々はチューブを搾りながら、尾藤の顔面、胸部、腹部、内腿に点々とコンデンスミルクを垂らした。

すでに尾藤は果汁を飲み終えていたが、空の哺乳壜を口から離そうとしなかった。

奈々がベビードールの前をはだけてから、尾藤に添い寝した。コンデンスミルクを舌の先でいったん塗り拡げてから、改めて彼女はきれいに舐め取りはじめた。

奈々の舌は猫のようによく動いた。肌絵に舌を当てられるたびに、尾藤は女のような呻き声を洩らした。

奈々はコンデンスミルクを舐め尽くすと、二つの巨大な乳房で尾藤の顔を挟みつけた。

「ぱい、ぱい。ぱいぱい、飲みたいでちゅ」

尾藤が幼児語で言い、奈々の乳首に吸いついた。両手で乳房全体を揉みながら、懸命に蕾を貪る。

きっと尾藤は母親の愛情を受けずに育ったにちがいない。だから、幼児プレイにのめり込んだのだろう。多門はそう分析しながら、煙草の火を消した。

「ぼくちゃん、この中に戻りたいでちゅ」

尾藤は二つの乳首を啜り終えると、奈々の秘めやかな場所をまさぐりはじめた。奈々が心得顔で内腿を開いた。尾藤が目尻を下げる。

「ママも、ぼくちゃんのオチンチンを撫で撫でしてあげる」

奈々がそう言い、紙おむつの上から尾藤の性器をまさぐりはじめた。二人は、ひとしきり愛撫し合った。

「おしっこ。ぼくちゃん、おしっこしたくなったでちゅう」

「おむつをしてるでしょ？　そのまま、シーシーをしちゃいなさい」

「おむつ、気持ち悪いでちゅ」

「困った子ね。それじゃ、ママのお口の中でする？」

「するでちゅ」

尾藤が答えた。

奈々が体の向きを変えながら、紙おむつの前を押し開いた。尾藤の分身は頭をもたげていた。

「あら、ママもおしっこしたくなってきちゃった。どうしよう!?」

「ぼくちゃん、喉が渇(かわ)いたでちゅ」

「ママのおしっこ、飲む?」

「はい、飲むでちゅ」

「それじゃ、飲みっこしようか」

全裸になった奈々が尾藤の顔の上に跨(また)がり、尾藤の半立ちのペニスを深く呑み込んだ。尾藤も奈々のはざまを強く引き寄せた。

二人の口から、ほぼ同時に尿が零(こぼ)れはじめた。どちらも喉を鳴らしていた。

やがて、二人は顔を上げた。すぐに尿の溜まったゴムシートの上でひしと抱き合った。

二人は唇を幾度も重ねながら、互いの性器に刺激を加えはじめた。十分ほど経つと、尾藤の体は雄々(おお)しく猛(たけ)った。

奈々が両膝を立て、大きく股を開いた。

尾藤がのしかかり、男根を埋めた。二人は幾度か体位(ラーゲ)を変え、ふたたび正常位に戻った。尾藤は涎掛けを掛けたままだった。

まだ情事は終わらなかった。

尾藤はいったん奈々から離れ、ナイトテーブルの引出しから白い粉の入ったパケを抓(つま)

み出した。パケを歯で嚙み千切り、奈々の性器や肛門の中に白い粉を指で入れた。尾藤は自分の亀頭にも塗りつけた。

覚醒剤(シャブ)だ。

多門は、そう直感した。覚醒剤には催淫作用がある。やくざの幹部たちが注射器を使って覚醒剤を体内に入れることは稀(まれ)だが、情事の薬味にすることはよくある。性器に覚醒剤のパウダーを塗布するだけでは、尿検査で引っかかることはない。むろん、所持しているところを見つかれば、その場で緊急逮捕されることになる。

奈々が四つん這いになった。

尾藤が後背位の姿勢をとった。片手で奈々の巨大な乳房を揉み、もう一方の手で敏感な突起を抓んだ。そうしながら、尾藤は前後の穴にペニスを交互に挿入した。

腰の使い方は下手ではない。動きには、リズムがあった。強弱も心得ている。長い枕に顔を埋めた奈々が切なげに腰を弾ませ、愉悦の声を轟(とどろ)かせはじめた。あけすけな卑語(ひご)も口走った。

尾藤の律動が速くなった。

奈々はたてつづけに三度昇りつめ、幾度も枕を鷲摑(わしづか)みにして裸身をリズミカルに震わせた。尾藤は結合したまま小休止し、またもやワイルドに腰を躍らせはじめた。

それから間もなく、彼は果てた。短く唸っただけだった。

「もう駄目……」

奈々がシーツに腹這いになって、ぐったりと動かなくなった。尾藤は仰向けになり、呼吸を整えはじめた。

多門は録画を中断させ、スマートフォンを手に取った。奈々の部屋を出るとき、電話番号を教えてもらっていた。

奈々の自宅に電話をして、モニターに目をやる。尾藤が起き上がり、ベッドを降りた。電話機は居間にあった。ややあって、先方の受話器が外れた。

「荒木です」

「尾藤さん、お娯しみだったたな。幼児プレイ、そんなに面白いのかい？　小便を飲みっこしてるとこも、録らせてもらったぜ」

「な、なんだと⁉　てめえ、誰なんだっ」

「それより、寝室のクローゼットの扉の上を見て来な。ＣＣＤカメラが見つかるはずだ」

「電話、切るなよ」

尾藤が語気を荒らげた。

多門は、またモニターに目を向けた。寝室に尾藤が走り入り、クローゼットの扉を荒っぽく開けた。

「どうしたの？」

ベッドの中で、奈々が気だるげに訊いた。

「誰かがクローゼットにCCDカメラを仕掛けやがったらしいんだ。奈々、夕方、ネットシネマ制作会社の奴が来たって言ってたな？」

「うん、『サンライズ映像』の社長と監督がね」

「この部屋に、どっちかが入ったんじゃねえのか？」

「社長が入ったわ。いい部屋だから、撮影に使わせてくれって言って、寝室も覗いたの」

「ばか女が！　くそっ、こいつだな」

尾藤がCCDカメラを引き剝がし、床に思い切り叩きつけた。画像が乱れた。

「あの二人、ネットシネマ関係の人じゃなかったの？」

「おまえ、罠に嵌められたんだよ」

「あいつら、何者だったの？」

「わからねえよ。ドジな女だ」

「そんなに怒らなくたっていいじゃないのっ」

奈々が頬を膨らませた。尾藤が寝室を出る気配が伝わってきた。ＣＣＤカメラのレンズは天井に向けられていた。

「おい、てめえ！　おれが東門会の若頭と知ってて、ＣＣＤカメラなんか仕掛けやがったのかっ」

「そうだ」

「てめえも渡世人なんだなっ」

「おれは堅気さ。そっちが檜町公園にちゃんと来てりゃ、こんな手は使わなかったんだがな。サムがあんたに裏切られたって怒ってたぜ」

「て、てめえは……」

「そっちはサムにひとり三十万の謝礼を払って、三十人の白人男女を拉致させたな。スーザンたちはどこにいるんだ？」

「おれは知らねえよ、そんなことは。サムの野郎が苦し紛れに、おれを悪者にしやがったんだな」

「往生際（おうじょうぎわ）が悪いぜ。そっちは二人の舎弟を公園に差し向けたじゃねえか。そして、サムとおれを始末させようとした」

「…………」

「尾藤、なんとか言え！」

「映像を録ったと言ってたな。データを二百万で買おうじゃねえか」

「あの変態プレイは、もっと価値があるだろう。なんなら、千駄ヶ谷のあんたの家に行って、かみさんに映像を観せてやるか。それとも、ダビングして東門会の本部事務所に届けてやるか。あんたは笑い者にされるな。場合によっちゃ、舎弟頭に格下げになるかもしれない」

「いくら出せってんだっ」

尾藤が苛立ちを露にした。

「変態映像は銭じゃ売れねえな」

「どうすりゃ、譲ってもらえるんだ？」

「おれと一対一で会ってくれりゃ、映像データはくれてやろう」

「ほんとだな？」

「ああ。午後十一時に、桜田門の警視庁の前に来てくれ」

「警視庁だと⁉」

「そうだ。こっちは用心深い性格なんだよ。また番犬に狙い撃ちされたくねえからな」

「おれひとりで指定された場所に行く。けど、本庁の前は困るな。どこか別の場所にしてくれねえか。人目の多い所なら、そっちも安心だろうが。そういう場所じゃ、下手なことはできねえからな」

「そうはいかない。おれの指定した場所が気に入らねえなら、話はなかったことにしようや。その代わり、変態映像があちこちに出回ることになるぜ」

「わかった、おれの負けだ。十一時に桜田門に行く。そのとき、映像データを渡してもらえるんだな？」

「ああ、くれてやる。そうだ、奈々ちゃんに悪いことをしたって伝えといてくれねえか」

「ふざけんなっ」

「こっちを怒らせてもいいのかい？　おれは気が変わりやすいタイプなんだよ」

「悪かった。とにかく、十一時に会おう」

「丸腰で来いよ」

多門は電話を切った。

第四章　新たな疑惑

1

不審な人影は三つだった。

桜田門の信号の向こう側、地下鉄桜田門駅の出入口、桜田通りの警視庁本庁舎脇の三カ所に、ひと目で暴力団関係者とわかる男たちがひとりずつ立っていた。

尾藤の手下たちだろう。多門はボルボで警視庁の周辺を一巡し終えた。

時刻は午後十時五十分だった。

多門は車を桜田通りに駐めた。法務省が使っている合同庁舎六号館の際だった。

桜田通りを横切り、警視庁本庁舎の表玄関前に向かう。腰の両側には、ヘッケラー&コッホP7とブローニング・ハイパワーを差し込んであった。

警視庁本庁舎の斜め前に中年の男がたたずんでいる。尾藤だった。

「名画持ってきたぜ」

多門は声をかけた。尾藤が歩み寄ってきて、右手を差し出した。

「映像データを早く渡してくれ」

「その前に番犬どもを引き揚げさせろ」

「おれは、ひとりで来た」

「気になる影は三つだった。そっちの子分どもだろうが！　三人の立ってる場所まで言わせる気かい？」

「わかった。若い者は帰らせよう」

「話がわかるじゃないか」

多門は尾藤の肩を叩いた。

尾藤が懐からスマートフォンを取り出し、アイコンをタップした。遣り取りは短かった。

「少し散歩しようや」

多門は尾藤の肩を抱き、ヘッケラー＆コッホＰ７の消音器を脇腹に突きつけた。

「てめえ、汚えじゃねえか。おれは丸腰で来たのによ」

「電話で言ったはずだ。おれは用心深い男だってな」

「くそっ」

「番犬どもは、おとなしく引き揚げたかな。ちょっと見に行こう」

「若い者は、もう帰ったよ。早く映像データを出してくれ」

尾藤がもどかしげに言った。多門は返事の代わりに、尾藤の背中を押した。尾藤が舌打ちして、足を踏み出した。

多門は拳銃で尾藤を威嚇しながら、警視庁の周辺を巡ってみた。怪しい人影は三つとも掻き消えていた。

多門は尾藤を日比谷公園の中に連れ込んだ。

植え込みに入るなり、足払いを掛けた。尾藤は横倒しに転がった。多門は屈み込んで、サイレンサーを尾藤の狭い額に押し当てた。

「サムに白人狩りをやらせたなっ」

「映像データを渡してくれたら、その質問に答えてやるよ」

尾藤が言った。

多門はグローブのような手で尾藤の頰を挟みつけた。尾藤が苦しがって、口を開ける。

多門は消音器を尾藤の口の中に突っ込んだ。

尾藤が喉を軋(きし)ませ、三白眼を剝いた。

「てめえは、もう駆け引きなんかできないんだよっ」

「撃(ハジ)かねえでくれ」

「聞き取りにくいな、声がよ」

多門はサイレンサーを引き抜き、尾藤の眉間に当てた。

「おれがサムに三十人の白人を引っさらわせたんだよ。六本木で遊んでる『ワイルドキッド』って白人不良グループが東門会を無視しやがったんで、その仕返しをしたかったんだ」

「三十人は、どこにいるんだっ」

「信州だよ。諏訪湖(すわこ)のそばにある知り合いの別荘に監禁してる」

「ただ監禁してるだけじゃないんだろうが！」

「覚醒剤(シャブ)漬けにして、殺人試合(デス・マッチ)や獣姦ショーをやらせてる」

「秘密のショーを誰かに観(み)せてやがるんだなっ」

「ああ、長野や山梨の名士(セレブ)たちにな。観覧料は殺人ショーが五十万、獣姦ショーが三十万だよ。それでも連夜、満員だった。もっとも、こっちのリスクもあったけどな。デスマッチで五人の野郎が死んじまったんだ。いまは、獲物は二十五人しかいねえ」

「スーザン・ハワードは生きてるな？」

「そのヤンキー娘は生きてるはずだ」

「スーザンにも、獣姦ショーをやらせたのかっ」

「いや、まだだ。覚醒剤（シャブ）の味を覚えさせてるとこだよ。ほかの白人女は全員、グレートデン、オランウータン、猪なんかと……」

尾藤がそう言って、好色そうな笑みを浮かべた。

多門は銃把（グリップ）の角で尾藤の額を強打した。尾藤が仰向けに引っくり返ってから、体をくの字に縮めた。額が裂け、鮮血が噴きはじめた。

「なんでえ、いきなりよ」

「いくら白人に恨みがあったとしても、なんの罪もない女たちに獣姦ショーを強（し）いるなんて、てめえは鬼だっ」

「おれは『ワイルドキッド』の連中に顔を潰されたんだぜ。それぐれえのことはしなきゃ、腹の虫が収まらねえよ」

「ほざくな。それ以上、何か言ったら、てめえの面（ツラ）をミンチにするぞ」

「おれは口を割ったんだ。早く映像データを出してくれ」

「そいつは後だ」

「どういうことなんでえ？」

「これから、おれを信州の別荘に案内しろ。二十五人の白人を救出したら、変態映像はくれてやろう」

「監禁場所を詳しく教えるから、あんた、ひとりで長野に行ってくれよ。白人狩りのことは、東門（うち）会の会長は知らねえんだ。もちろん、おれがデスマッチや獣姦ショーで小遣い稼いでることもな」

「てめえは頭（ペテン）が悪いな。自分の弱みをぺらぺらと喋りやがった。おれは変態映像と白人狩りの二つを切札に使えるわけだ」

「ま、まさか会長におれの個人的な稼ぎ（シノギ）のことを……」

「おれを信州に連れて行かなきゃ、東門会の親分を訪ねることになるだろうな」

「くそっ、なんてこった」

「立て！」

多門は命じた。

尾藤が額にハンカチを当て、のろのろと起き上がる。多門は尾藤を桜田通りまで歩かせ、ボルボの運転席に坐らせた。自分は助手席に乗り込み、サイレンサーを尾藤の脇腹に突きつけた。

「車を出せ！」

「額から血が出てるんだぜ。諏訪湖まで運転するのは無理だよ」

「たいした出血じゃない。いいから、発進させろっ」

「くそったれ！」

尾藤がボルボを乱暴にスタートさせた。

多門は窓の外を見た。気になる車は目に留まらなかった。ボルボＸＣ40は高速四号新宿線に入り、そのまま中央自動車道に進んだ。

調布（ちょうふ）ＩＣを通過して間もなく、多門は後続のグレイのメルセデス・ベンツが気になりはじめた。車内は暗くてよく見えないが、男たちが三人乗り込んでいるようだった。

多門は、運転中の尾藤の上着のポケットを探った。

「危ないじゃねえか。武器は何も持ってねえよ」

「武器以外の物を何か持ってるんじゃないのか。え？」

「何かって何でえ？」

「たとえば、ＧＰＳの類（たぐい）だよ。スマホを出せ！」

「持ってねえよ」

尾藤が上体を捩（よじ）った。多門はポケットの底に指を伸ばした。

指先に万年筆のような物が触れた。掴み出す。万年筆型の電波発信器だった。緑色のランプが灯っている。作動中の証だ。

「後ろのベンツは、車輛追跡装置を積んでるなっ」

「ベンツだって⁉」

「空とぼけやがって。こいつは電波発信器だろうが！」

「そんな物が、なんでおれのポケットの中に⁉」

尾藤がわざとらしく首を捻った。

多門は薄く笑って、助手席のパワーウインドーのシールドを下げた。万年筆型の電波発信器を外に投げ捨てると、尾藤が小さく溜息をついた。

「番犬ども、焦ってるだろうな。おれを三人の手下に殺らせるつもりだったのか？」

「いや、生け捕りにしろと……」

「それから、どうするつもりだったんだっ」

「おたくの出方次第では、白人の男たち相手にルールなしの殺人試合をさせようと思ってたんだよ」

「殺人試合といえば、デスマッチで死んだ五人の遺体はどうしたんだ？」

「山の中に埋めた、手脚をそれぞれ切断してからな」

「後で切断された手脚を掘り起こして、てめえに喰わせてやる。それから、残ってる二十五人の白人男女に、生きたままの状態で、てめえの体を切り刻ませてやろう」

「本気なのか⁉」

「もちろん、本気だ」

多門は言った。脅しだったが、尾藤は真に受けたようだ。

「そ、そんなことさせねえでくれ。二十五人は、そっくり解放するよ。おたくに、それ相当の口止め料を払ってもいい」

「いくら出す気なんだ？」

「五百、いや、一千万円だそう」

「たったの一千万円で、おれの口にチャックを掛けられると思ってやがるのか。ふざけんじゃねえ。五億円出すってんなら、相談に乗らないこともねえがな」

「そんな大金、おれひとりで都合つけられるわけねえだろうが！」

「だったら、監禁してる二十五人に嬲り殺しにされるんだな」

多門は冷ややかに言った。

すると、尾藤が急にハンドルを左に切りはじめた。追越車線から走行車線に移る気らしい。左のレーンには、切れ目なく車が走っている。とても割り込める状態ではない。

「てめえ、死ぬ気なのか⁉」

「ああ、おたくを道連れにしてな。切り刻まれるぐらいだったら、いっそ自分で死んだほうがましだ」

「その話は、ただの脅しだよ」

多門は左手でステアリングを右に戻しながら、尾藤を落ち着かせた。

「それ、嘘じゃねえな？」

「ああ。拉致された白人男女は全員、堅気なんだ。仮におれがてめえを切り刻めと命じても、手を汚す気になる者はいないだろう」

「それもそうだろうな。危うく死ぬとこだったぜ」

尾藤が長く息を吐いた。

多門はドアミラーを見た。後続のベンツは執拗に追尾してくる。

「ベンツに乗ってる番犬は三人だな？」

「そうだ」

「三人とも拳銃を持ってやがるのか？」

「ああ、多分な」

「別荘は諏訪湖のどちら側にあるんだ？」

「東側だよ」

「それじゃ、諏訪ＩＣで降りて国道二十号線に出るわけだ？」

「そうだよ」

「見張り（シキテン）は何人いる？」

「若い者が二人いるきりだよ」

「二十五人は手足の自由を奪われてんだな？」

多門は訊いた。

「いや、誰も縛ってねえよ。全員、地下のワイン貯蔵庫に閉じ込めてあるんだ。もちろん、ハッチはロックしてある」

「喰い物は？」

「ラスクとビーフジャーキーを与えてる。それから、水もやってるよ」

「トイレは、どうしてるんだ？」

「貯蔵庫の隅に、子供用のビニールプールを二つ置いてあるんだ。そこで、用を足してる」

「覚醒剤（シャブ）は一日どのくらい注射（ツケ）てるんだ？」

「早く中毒にさせるために、一日一グラム前後を全員に……」

「男は五人死んだから、いまは十一人しかいねえんだな?」

「ああ。女はスーザンを入れて、十四人だ」

「見張りの二人は、白人の女たちに手をつけたんだな」

「それぐれえの役得は仕方ねえんじゃないのか?」

「お、おめえはクレージーだ。まともじゃねえ」

「くそっ、言いてえことを言いやがって」

尾藤が拳でステアリングを打ち据えた。ボルボがわずかにぶれた。

「おい、高速で走ってることを忘れてんじゃねえか。死んじまったら、もう奈々ちゃんと変態プレイやれなくなるぜ」

「からかいやがって!」

「『グローバル』の白人ホステスを一挙に拉致しようとしたのは、何か理由がありそうだな」

「…………」

「即答できないってことは、やっぱり理由があったんだな。てめえは白人ホステスを集めて、売春をやらせる気だったんじゃねえのかっ」

多門は声を張って、消音器の先で尾藤の肋骨を抉った。尾藤が痛みを訴えて、ステアリングにしがみつく。また、車体が不安定に揺れた。

「どうなんだっ」

「そっちの言った通りだよ。六本木にいる白人の女どもは、たいてい心のどこかで日本人を見下してやがる。白人に生まれたからって、でっけえ面しすぎだよ。だから、そんな白人女たちを娼婦にしてやりたくなったのさ。それに、田舎の成功者たちは白人女を抱きたがってる」

「いい商売になるとも思ったわけだ？」

「ま、そういうことだな。ショートで十万取れると踏んだんだよ。しかし、『グローバル』のホステスたちの拉致には失敗っちまった。そっちがサムたちの邪魔したんだろう？」

「ああ。おれは、すべての女を悲しませたくねえんでな」

「けっ、色男ぶりやがって」

「おかしいか？」

「似合わねえよ、そういう気障な台詞はな」

「言ってくれるじゃねえか。開き直りやがったな」

「好きなように解釈しろや」

「くっくっく。しばらく運転に専念させてやろう」

多門は口を閉じた。

上野原ＩＣを過ぎると、尾藤が口を開いた。

「次の談合坂サービスエリアに寄らせてくれ。小便してえんだ」

「おれをサービスエリアのトイレに誘い込んで、三人の番犬に襲わせる気になったらしいな？」

「そんなんじゃねえよ。ほんとに小便したくなったんだ」

「ずっと我慢して、奈々ちゃんに飲んでもらうんだな」

多門は茶化して、取り合わなかった。

長坂ＩＣを通過すると、尾藤は八ヶ岳パーキングエリアに寄りたがった。しかし、多門は要求を無視した。

後ろのベンツは左右のレーンを使い分けながら、どこまでも追走してくる。

ボルボは、ひた走りに走った。諏訪ＩＣからルート20に入ったのは午前一時過ぎだった。

数キロ走ってから、多門はボルボを山林の中に入れさせた。

「別荘は、まだ先だぜ」

尾藤が訝しそうに言った。

「どこかで小便させてやろうってんだよ。てめえの小便で、おれの車を汚されたくねえからな」

「そういうことだったのか」

「もう少し奥まで走ってくれ」

多門は命令した。尾藤は従順だった。

山の中腹で、ボルボを停めさせた。多門は、尾藤を車から引きずり出した。あたりは漆黒の闇だった。周囲は、うっそうとした原生林だ。尾藤は山道の端に立ち、すぐに排尿しはじめた。

多門は原生林の中に身を潜めた。

ほとんど同時に、下から三つの人影が駆け上がってきた。

多門は狙いを定めて、先頭の男をヘッケラー&コッホP7で撃ち倒した。ほかの二人が相前後して発砲してきた。

どちらも拳銃に消音器を嚙ませていた。発射音は、子供のくしゃみよりも小さかった。

多門はドイツ製の自動拳銃を腰に戻し、今度は消音器付きのブローニング・ハイパワーを握った。使える実包は十発だ。

相手が二人でも何とかなるだろう。ボルボの鍵(キー)は抜いてあった。尾藤が逃亡を図っても、遠くには行けないだろう。

二つの黒い影が接近してきた。

「おめえら、撃つんじゃねえ」

尾藤が排尿しながら、子分たちに怒鳴(どな)った。

二つの人影の動きが止まった。多門は山道に走り出て、すぐ連射した。二人の男が縺(もつ)れ合うような恰好(かっこう)で後方に倒れた。それきり二人とも身じろぎ一つしない。

狙ったのは頭部だった。二人とも即死だったにちがいない。

「お、おたく、徒者(ただもの)じゃねえな。三人をあっという間にやっつけた」

尾藤が怯(おび)えた声で言った。多門は無言で近くの通草(あけび)の蔓(つる)を引き千切(ちぎ)った。数十センチの長さだった。

多門はブローニング・ハイパワーを左手に持ち換え、尾藤に言った。

「両手を前に突き出して、親指と親指を重ねろ!」

「何をする気なんでえ?」

「いいから、言われた通りにしなっ」

「わかったよ」

尾藤が両手の親指を重ねた。

多門は、その部分を通草の蔓でぐるぐる巻きにした。いわゆる〝指手錠〟だ。そうされると、両腕の自由が利かなくなる。

多門は先に尾藤をボルボの助手席に坐らせ、急いで運転席に入った。エンジンをかけ、杣道（そまみち）のような脇道を利用して車首の向きを変えた。

山道には、三つの死体が転がっていた。死体を避けながら、国道二十号線に戻る。そこから、諏訪市の目抜き通りをめざした。

その先は、尾藤に道案内をさせた。目的の別荘は、諏訪湖を見下ろせる高台にあった。アルペンロッジ風の大きな建物だった。窓は明るかった。敷地は二千坪はありそうだ。

多門は別荘の手前でボルボを停めた。

尾藤を弾除け（たまよけ）にして、山荘まで歩く。広い車寄せには、マイクロバス、ワンボックスカー、大型四輪駆動車の三台が駐めてあった。

多門は尾藤を楯（たて）にしながら、ロッジを想わせる山荘の中に入った。静まり返っている。玄関ホールの横の大広間（サロン）に入ると、床に頭の潰れた男が横向きに倒れていた。すぐそばに、血糊の付着した石が落ちていた。血糊は、まだ乾ききっていない。

「おれんとこの若い者だ」

尾藤が呻くように言った。

「地下貯蔵庫はどっちなんだ?」

「ひょっとしたら、獲物どもが集団脱走したのかもしれねえな」

「早く地下貯蔵庫に案内しろ」

多門は急(せ)かした。

地下貯蔵庫への降り口は、ダイニングキッチンの一隅にあった。ハッチは全開され、石段の途中に若い男が俯せに倒れていた。やはり、頭部を潰されている。

「東門会の若い者だな?」

「ああ。二人に見張り(シキテン)をやらせてたんだが、油断してて白人どもに逃げられちまったんだろう」

尾藤が言った。

多門は鈍器で頭を割られた男を石段から蹴落とし、尾藤を地下貯蔵庫に引きずり降ろした。

かなり広い貯蔵庫には、異臭が充満していた。小便のアンモニア臭だった。体臭も残っている。ところどころに衣服が散らばり、食べ残した食料も見える。

「この別荘の持ち主は誰なんだ?」

「知り合いの山荘って言ったけど、実は誰がオーナーか知らねえんだ。ここが何年も使われてねえって話を小耳に挟んだんで、無断借用してるんだよ」

尾藤が早口で言った。目を合わせようとしなかった。

「てめえは、誰かを庇おうとしてるな」

「そんなことねえって。おれのバックに誰かいると思ってんのか⁉　そいつは見当外れだな」

「ここで死ぬか？」

多門はブローニング・ハイパワーを構えた。尾藤が顔を引き攣らせ、慌てて土下座した。

「おれ、嘘なんて言ってねえよ。信じてくれ！」

「信じられねえな」

多門はわざと狙いを外して、一発ぶっ放した。銃弾は尾藤の右肩の七、八センチ上を抜け、コンクリートの壁に当たった。

尾藤がひれ伏し、ぶるぶると震えはじめた。

この男を少し泳がせてみるか。多門は尾藤の喉笛を蹴りつけた。尾藤がいったんのけ反り、横に転がった。

「てめえとは、また会うことになるだろうよ」

多門は言い放ち、石段を一気に駆け上がった。

2

眠れなかった。

信州から自宅に戻ったのは夜明け前だった。多門はすぐにベッドに潜り込んだ。しかし、頭が妙に冴えてしまった。

多門は上体を起こし、ロングピースをくわえた。午前七時過ぎだった。

スーザンたち二十五人の白人男女は、どこに消えたのか。

多門は地下貯蔵庫を出ると、山荘の中をくまなく検べてみた。大広間の横には、ロープの張られた特設リングがあった。

マットの上には、黒ずんだ血痕が散っている。獣毛も落ちていた。特設リングで殺人試合や獣姦ショーが行なわれていたことは事実だろう。

だが、どこにもグレートデンやオランウータンはいなかった。猪の姿も見当たらない。

尾藤は二十五人の白人が二人の見張りを撲殺して、集団脱走を図ったのではないかと言っていた。そうだったとしたら、わざわざグレートデンやオランウータンを連れていくはずはない。また、獣姦ショーに使われた動物を逃がしてやったとも考えにくいだろう。

尾藤の共犯者が犯行の発覚を恐れ、スーザンたち二十五人と動物を別の場所に移したのではないのか。

そう思えるが、腑(ふ)に落ちない点もある。

なぜ、二人の見張りは殺されなければならなかったのだろうか。それが謎だった。

白人男女が集団脱走したと思わせるための小細工だったのか。あるいは、見張りの二人は尾藤の白人狩りを恐喝材料にしていたのだろうか。

後者だとすれば、二人を殺害したことはわかる。そうだったのかもしれない。

別荘のオーナーは誰なのか。もう少し信州に留(とど)まって、地元の法務局に行ってみるべきだった。

多門は短くなった煙草の火を消し、テレビの遠隔操作器(リモート・コントローラー)を手に取った。電源を入れると、画面に見覚えのある酒場が映っていた。六本木の『ブルース』だった。

「昨夜十一時ごろ、このバーの従業員や客ら十三人の黒人男性がＶＸという毒ガスによって殺されました」

三十代前後の男性アナウンサーが少し間を取って、言い継いだ。

「警察の調べによると、全国音楽著作権協会のGメンと自称した二十八、九歳の日本人男性が店内のカラオケ機器の有無をチェックして引き揚げた直後にゴム風船が破裂し、猛毒ガスが発生した模様です。ゴム風船にはタイマーがセットされていました。このことから、警察は音楽Gメンになりすました男の行方を追っています。亡くなられたのは、次の方々です」

画面が変わり、十三人の被害者の顔写真が映し出された。その中に、サムも混じっていた。

「被害者たちのグループは、不良白人グループ『ワイルドキッド』と対立関係にありました。そのことから、警察は縄張り争いによる大量殺人事件という見方を強めています。次のニュースです」

また、映像が変わった。映し出されたのは炎上中の石油コンビナートだった。

多門はニュースを観つづけた。だが、山中で射殺した東門会の三人の構成員のことは報じられなかった。まだ死体が発見されていないのだろう。

多門はテレビのスイッチを切り、また煙草に火を点けた。

サムたち十三人を毒ガスで殺させたのは尾藤なのか。サムたちは、連続拉致事件の実行犯だ。雇い主の尾藤にとって、都合の悪い連中であることは間違いない。

しかし、いまになって口を封じる必要があるのか。その点が解せない。すでに尾藤は、サムたちに三十人の白人男女を狩らせたことを吐いている。

音楽Gメンに化けて『ブルース』にVXを仕掛けた日本人男性は、『ワイルドキッド』に雇われたのだろうか。

多門は二本目の煙草を喫うと、仰向けになった。

天井をぼんやり眺めていると、だんだん瞼が重くなってきた。いつしか多門は寝入ってしまった。

スマートフォンの着信音で眠りを突き破られたのは午後二時過ぎだった。スマートフォンから高瀬由秀の声が流れてきた。

「サムが毒ガスで殺されましたね。ご存じでしょ？」

「朝のテレビニュースで知りました。びっくりしましたよ」

「ええ、わたしも。多門さんは、サムたちが誰に殺害されたとお考えです？」

「とっさに東門会の尾藤を怪しんだんだが、奴は事件に関与してないかもしれないね」

多門は、その根拠をかいつまんで話した。

「あなたがおっしゃったように、いまになって尾藤がサムたち実行犯を葬るというのも確かに変ですよね。『ワイルドキッド』の犯行なんじゃないのかな？」

「それは、まだ何とも言えないね」

「サムたちが『ワイルドキッド』とどの程度、反目し合ってたのか、少し調べてみましょうか」

「そういうことは……」

「すみません。いまの言葉を撤回します。スーザンのことが気がかりなんで、つい差し出がましいことを言ってしまいました」

「スーザンさんたちの監禁場所を尾藤に吐かせたんだが、残念ながら、救出できなかったんです」

「スーザンたちは、どこにいたんですか？」

高瀬が早口で訊いた。

多門は昨夜のことを詳しく話した。

「スーザンたちは二人の見張りを殺して、集団脱走をしたんじゃないのかな。しかし、東門会の男たちを殺害してるんで、二十五人は身内や友人に連絡を取ることを控えてる。多門さん、そうは考えられませんかね？」

「たとえ犯罪で手を汚したとしても、愛しい人たちには自分が無事であることを伝えたくなるんじゃないだろうか。それが、人間の当たり前の感情でしょう？」

「そうでしょうね」

「スーザンさんから高瀬さんに何も連絡がないということは、集団脱走したんじゃないと思うんだ」

「としたら、いったい誰が二十五人を？」

「ただの推測ですが、尾藤には共犯者がいるような気がするんですよ」

「共犯者ですか」

「ええ。ひょっとしたら、共犯者というよりも、首謀者なのかもしれないな」

「その人物に心当たりは？」

「いまのところは、思い当たる奴はいません。しかし、尾藤をマークしてれば、いつかそいつと接触するでしょう。そのため、わざと奴を泳がせることにしたわけです」

「それで、尾藤を山荘に置きざりにしてきたんですね？」

「そうです。昨夜の失敗でもう信用を失ったかもしれないが、いま少し時間をくれませんか」

「ええ、待ちます。多門さんだけが頼りですから、ひたすら待ちますよ。それはそうと、昨夜の出来事をわたしから間宮留理江さんに伝えましょうか？」

「いや、結構です。わたし自身が依頼人に中間報告をしますよ」

「そうですか。では、調査のほう、よろしくお願いします」

高瀬が通話を切り上げた。

多門はすぐに杉浦に電話をかけた。

「杉さん、これからタクシーで信州の諏訪まで行ってもらえないか」

「なんでえ、藪から棒によ」

杉浦が呆れたように言った。

「諏訪の法務局に行って、ある別荘の持ち主を調べてほしいんだ。タクシー代は別にして、日当十万でどう？」

「クマ、もっと要領よく話せや」

「わかった」

多門は、これまでの経過を順序立てて話した。

「話は呑みこめたよ。けど、きょうは信州に行けねえな。四時まで本業の調査で動けねえんだ。それからタクシーを飛ばして諏訪に行っても、法務局は閉まってらあ」

「明日なら、長野に行ける？」

「ああ、明日ならな。で、その山荘の所番地は？」

「住所はわからねえんだ」

「しょうがない奴だな。別荘のある場所を詳しく教えてくれ」

杉浦が言った。多門は山荘が諏訪湖の東側の高台に建っていることや建物の特徴を教えて、電話を切った。

そのとき、腹が鳴った。

多門はベッドから離れ、冷蔵庫の中を覗いた。冷凍の海老ピラフと鱈子(たらこ)スパゲティがあった。両方とも温め、インスタントポタージュも用意した。

空腹感を満たすと、多門は奈々の自宅に電話をかけた。受話器を取ったのは、奈々だった。

「若頭(カシラ)に換わってもらえます？」

多門は作り声で言った。

「トイレに入ってるのよ。多分、大のほうだと思うわ」

「それじゃ、また後で電話します」

「誰かしら？」

奈々が訊いた。

「清水(しみず)です」

「え？　清水なんて弟分がいたかしら？」

「おれ、新入りなんですよ。後で掛け直します」

多門は言い繕って、通話を切り上げた。

尾藤が東京に戻っているかどうかを確かめたかったのだ。多門は外出の準備をし、ほどなく部屋を出た。レンタカーのエルグランドに乗り込み、広尾に向かった。自分の車で尾藤を尾行したら、覚られる恐れがあった。

『広尾コーポラス』に着いたのは、三時二十分ごろだった。

多門は車を裏通りに駐め、『広尾コーポラス』の表玄関の見える場所に立った。

マンションの地下駐車場から尾藤の運転する黒いキャデラック・エスカレードが走り出てきたのは、四時半過ぎだった。助手席には、奈々が坐っていた。

多門はキャデラック・エスカレードの方向を目で確認してから、エルグランドに駆け寄った。充分に車間距離をとって、尾藤の車を尾けはじめる。

キャデラック・エスカレードは十分ほど走り、白金の洒落たブティックの前に横づけされた。尾藤と奈々は車を降り、店の中に入っていった。

多門は数十メートル後方に車を停めた。

ブティックはガラス張りだったが、多門のいる位置から店内の様子はうかがえなかった。おおかた尾藤は、若い愛人に新しい服を買い与えるつもりなのだろう。

二人が表に出てきたのは、およそ三十分後だった。奈々は両手に、ブティックの名の入った緑色の手提げ袋を持っていた。嬉しそうな表情だった。

ほどなく尾藤の車が走りだした。

多門は尾行を再開した。キャデラック・エスカレードは広尾に戻り、かつて黒パンやドイツコッペで有名だった『東京フロインドリーブ』の跡地の前に停まった。近くには、ドイツ料理の『シンケンハウス』があった。

どちらも、昔の女友達と通った店だった。その彼女は、たった三十一歳で自らの命を絶ってしまった。前衛画家だったが、名声を求める気持ちが強かった。自分の作品が画壇にいっこうに認められないことに焦れて、毎晩、強い酒を呷っていた。

多門は前衛画家の自死を制止できなかったことで、いまも時々、自責の念にさいなまれる。気性の烈しい女だったが、はぐれ者たちには心優しかった。

奈々だけが車を降り、輸入雑貨店に入っていった。尾藤は運転席で紫煙をくゆらせはじめた。

多門もロングピースに火を点けた。

一服し終えたとき、紙袋を胸に抱えた奈々が外に現われた。彼女が乗り込むと、キャデラック・エスカレードはまた走りだした。

広尾橋に出て外苑西通りを突っ切り、有栖川宮記念公園のある方向に進んだ。次に尾藤の車が停まったのは、『ナショナル麻布スーパーマーケット』だった。

客の大半が外国人という高級スーパーマーケットである。尾藤と奈々は連れだって店内に消えた。

東門会の若頭は、単に愛人の買物につき合っているだけのようだ。多門は肩を落とした。

尾藤たち二人が店から出てきたのは、五時半過ぎだった。キャデラック・エスカレードは、すぐに『広尾コーポラス』に戻った。

多門はエルグランドをさきほどと同じように裏通りに駐め、マンションの前の通りに立った。

張り込みは、いつも自分との闘いだ。マークした人物が動きだすのを辛抱強く待つ。焦れたら、ろくな結果にはならない。

多門は『広尾コーポラス』の前を往復しはじめた。

六時を回っても、尾藤の車は地下駐車場から出てこない。きょうは、もう外出する予定はないのだろうか。まだ結論を出すのは早すぎる。多門は暗がりにたたずみ、ひっきりなしに煙草を吹かした。

間宮留理江から電話がかかってきたのは、七時十分ごろだった。

「その後、いかがでしょう？」

「いま、自宅にいるのかな？」

「いいえ、恵比寿のホテルです。通訳の仕事を終えたところなんです」

「おれは広尾にいるんだ。これから、ちょっと会わないか。スーザンさんのことで報告したいこともあるんだ」

多門は急に留理江に会いたくなった。

「わたしのほうはかまいませんけど」

「それじゃ、恵比寿ガーデンプレイスのカフェで待っててくれないか」

「わかりました。それでは後ほど」

留理江の声が途絶えた。

多門は裏通りまで一気に駆け、レンタカーのエルグランドに飛び乗った。十分弱で、待ち合わせの場所に着いた。

留理江は隅のテーブルで、カフェ・オ・レを啜っていた。きょうも美しさは際立っている。

多門はコーヒーを注文すると、昨夜の出来事を話した。むろん、山の中で尾藤の手下たちを射殺したことは黙っていた。

「多門さんがおっしゃるように、スーザンたち二十五人は尾藤の共犯者に連れ去られたのかもしれませんね。見張りの二人が尾藤を脅迫していたという推測にもうなずけます」

「もう少し早く尾藤の口を割らせてれば、二十五人を救け出せたかもしれないと思うと……」

「あまりご自分を責めないでください。救出に成功しなかったことは残念ですけど、スーザンを含めて二十五人の生存がはっきりしたんです。お手柄ですよ」

「いや、正確には二十五人の生存はまだ確認できたわけじゃない。この目で、スーザンたちを見たわけじゃないからね」

「ええ、それはそうですけど」

「できるだけ早く新たな監禁場所を突きとめて救出に向かうつもりだよ」

「よろしくお願いします」

留理江が深々と頭を下げた。

「夕飯は？」

「いいえ、まだです」

「おれも、まだなんだ。一緒に飯を喰おうよ」

多門は半ば強引に誘い、留理江を二階のフレンチレストランに導いた。

やや高級な店だった。留理江は困惑した様子だったが、多門は一人前一万八千円のコース料理とワインを勝手にオーダーした。

ワインと前菜が運ばれてきた。

二人は乾杯し、前菜をつつきはじめた。鴨のパテとオマール海老が形よく盛り付けられていた。留理江はワイングラスを優美に傾けた。白いしなやかな指が蠱惑的だ。魚料理と肉料理がタイミングよくテーブルに並び、最後にスフレとコーヒーが運ばれてきた。

大食漢の多門には、少々、量が足りなかった。その分、ワインをしこたま飲んだ。

留理江は割り勘を主張したが、多門は素早く二人分の支払いを済ませた。

「返礼というわけでもありませんけど、カクテルバーでもう少し飲みません？」

「いいね」

二人は同じ敷地内にある外資系のホテルに足を向けた。

エレベーターを待っていると、ロビーの方から宿泊客らしいアラブ系の中年男がやってきた。その男を見たとたん、留理江が顔面蒼白になった。全身も小さく震えている。

「会いたくない奴と会っちゃったのかな？」

多門は訊いた。

「いいえ、知らない男性(ひと)です」

「なのに、どうして急に？」

「ちょっと貧血気味なのかもしれません。わたしが誘っておいて申し訳ないのですけど、カクテルバーには今度ご一緒に……」

「それはかまわないが、少しロビーのソファで休んだほうがいいな」

「いいえ、大丈夫です。どこかでタクシーを拾います」

留理江が言って、歩きだした。だが、いくらも進まないうちに壁に手をついた。歩くのも大儀そうだった。

「きみをタクシーで帰らせるわけにはいかないな」

多門は留理江の体を支え、自分の車に導いた。留理江は助手席に頽(くずお)れるように乗り込んだ。

なぜ、一面識もない外国人男性の顔を見て、こんなにも怯(おび)え戦(おのの)いているのか。留理江は何か心的外傷(トラウマ)に悩まされているのかもしれない。

多門はそう思いながら、穏やかにエルグランドを発進させた。

「ご迷惑をかけてしまって、ごめんなさいね」

「どうってことないよ。カクテルバーで、きみを口説こうと思ってたんだがね」

「うふっ」

「少しは気分が楽になった？」

「ええ」

「昔、何かあったようだな」

「えっ」

留理江が驚きの声を洩らし、黙り込んでしまった。

「立ち入るつもりはなかったんだ。誰にも他人には話したくないことが一つや二つはあるもんさ。言いたくないことは喋らなくてもいいんだよ」

「ありがとう」

「笹塚なら、山手通りに出たほうが早そうだな」

多門は車を近くのアメリカ橋に向けた。住宅街を抜けて、山手通りに出る。右折して、富ケ谷方面に向かった。

エルグランドが神泉町に差しかかったとき、留理江が問わず語りに言った。

「アメリカの大学に留学してるとき、わたし、留学生仲間のエジプト人男性にレイプされそうになったの。さっきの男性と顔立ちがよく似てたんです。それで、忌わしい過去を思い出してしまったの」

「そういう辛い話は無理に話すことはない。もう何も言うなって」

「いいえ、聞いてください。そのことに拘りつづけてる自分と訣別したいんです。聞いてもらえますか？」

「それで気持ちが楽になるなら……」

「わたしを穢そうとした男は、留学生仲間たちに信頼されてたんです。わたしも彼のことを尊敬できる人物だと思ってました。それだけに、お砂糖を借りたいと言って訪ねてきた彼がわたしの首にナイフを押し当てて、裸になれと命じたときは心臓が引っくり返りそうになりました」

「当然だよな」

「あわやというときに、偶然にもスーザンが部屋に遊びに来たんです。男は慌てて自分の部屋に逃げ帰り、荷物をまとめてどこかに消えました。翌日から、大学には出てこなくなりました」

「そのときの恩があるんで、きみはスーザン・ハワード捜しをする気になったわけだな？」

多門は確かめた。

「そうなんです。スーザンはその後も、男性不信に陥(おちい)ってしまったわたしを懸命に力づけてくれたんです。彼女のおかげで、わたしは少しずつ立ち直ることができました。でも、それは錯覚だったんです」

「錯覚？」

「はい。留学前から親しく交際してた日本人男性がいたのですが、どうしても彼の体を迎え入れることができなくなってしまったんです」

「彼氏に辛い過去のことは打ち明けたのかな？」

「はい。彼は狂犬に咬(か)まれそうになっただけじゃないかと慰めてくれましたが、わたしの精神的な後遺症が消えなくて、結局、別れることになってしまったの」

「惨(むご)い話だな」

「つまらない話をしてしまって、ごめんなさい」

留理江が詫びて、口を結んだ。

なんとか心の傷を癒(いや)してやりたいものだ。多門はステアリングを捌(さば)きながら、本気で考えはじめた。

3

地下駐車場を覗いてみた。

黒のキャデラック・エスカレードは所定の場所に駐めてあった。尾藤は奈々の部屋にいるようだ。

多門は、ほくそ笑(え)んだ。留理江を自宅マンションに送り届け、すぐに張り込み場所に戻ったのである。午後十時を回っていた。

借りたエルグランドは『広尾コーポラス』の少し先の暗がりに駐めてある。多門はマンションの植込みの陰に入り、煙草に火を点けた。

留理江の思いがけない告白を聞かされてから、ずっと心が重い。

どうすれば、彼女の心的外傷(トラウマ)を取り除いてやれるのか。恋人と体で愛を確かめられなくなったと嘆いていたが、留理江はどのような拒絶反応を示すのか。

相手の裸身を目にしただけで、全身が震えてしまうのか。それとも、結合時に受け入れられなくなるのだろうか。どちらにしても、なんとか留理江の心と体を元通りにさせてあげたい。数多くの女たちと肌を合わせてきた体験をなんとか活(い)かせないものか。

多門は何年か前に、同性しか愛せない女性を抱いたことがある。その女性は幼時期に叔父から性的虐待を受け、異性に対して恐怖心しか持っていなかった。

そんなことで、自然に同性愛に走るようになってしまったらしい。しかし、彼女はそのことに不自然さも感じていた。そして、多門を初体験の相手に選んだのである。

多門はベッドに入っても、しばらく自分の肌を晒さなかった。生まれたままの姿になった相手をすっぽりと抱き込み、まず心をリラックスさせた。それから宝物に触れるような気持ちで、パートナーの体をそっと撫でつづけた。

そうしているうちに、女が小さく喘ぎはじめた。多門は相手の唇を幾度もついばんだ。決して強くは吸わなかった。もちろん、舌も絡めなかった。

バードキスを繰り返しながら、髪を優しく梳いた。すると、相手もおずおずと多門の頭髪をまさぐるようになった。

多門は頃合を計って、柔肌に唇を這わせはじめた。

ベッドパートナーは一瞬、身を強張らせた。多門はBGMを低く流し、相手の肉体の美しさを誉めた。女たちの裸身が男たちの心を安らがせることも耳許で囁きつづけた。

パートナーの体から強張りが抜けた。

多門は唇をさまよわせながら、豊満な乳房をソフトに揉んだ。乳首は硬く痼っていた。

相手は同性の手によって、すでに性感を開発されていた。乳首を口に含むと、甘く呻いた。多門は長袖のシルクシャツのボタンを外し、女の指を濃い胸毛に導いた。また、相手が緊張した。しかし、それはほんの数秒だった。

パートナーは胸毛を撫でつけ、指先に絡みつけた。少し経つと、胸に唇も当てた。

多門は勇気づけられ、右手を女の下腹に滑らせた。内腿はきつく閉じられていた。多門は急かなかった。相手の恐怖心や不安が消えるまで恥毛や太腿を愛撫しつづけた。

やがて、彼女の腿は自然に緩んだ。多門は、秘めやかな部分を掌全体で覆った。そのまま、ゆっくりと円を描いた。

肉の芽は、すぐに莢から零れた。合わせ目は潤みを宿していた。

多門はギタリストになった。アルペジオ奏法の要領で、指をひとしきり動かした。いつしか合わせ目は愛液で濡れそぼっていた。多門は舌を使いたい衝動を抑えて、毛布の下でトランクスを脱いだ。昂まったペニスが相手の目には触れないよう心がけた。

パートナーがためらいがちに多門の分身に手を伸ばしてきた。しかし、その手はすぐに引っ込められた。まだ恐怖が萎みきっていないようだ。

多門は静かに体を重ね、猛ったペニスを相手の体のあちこちに押しつけた。免疫を与え、怯えを取り除いてやろうと考えたのである。

その判断は正しかった。

相手は好奇心に駆られたらしく、進んで多門を握った。握り込むだけで、手を動かそうとはしなかった。

多門は物足りなさを覚えたが、それを口には出さなかった。

男のシンボルに触れただけでも、大変な前進だろう。多門はパートナーの脚を大きく多門はパートナーの脚(あし)を大きく開かせ、合わせ目を捌(さば)いた。内奥(ないおう)は熱く潤んでいた。

多門は相手の緊張をほぐし、ペニスを徐々に押し進めた。決して無理はしなかった。深く結合すると、パートナーは泣きはじめた。多門は驚いたが、それは感涙(かんるい)だった。相手は男性と結ばれたことを素直に喜び、幾度も礼を言った。

多門は誠意を込めて腰を動かした。

パートナーは頂点の近くまで昂まったが、昇りつめることはできなかった。しかし、充分に快感を得られたことは間違いない。

その後、彼女はレズ相手と別れ、サラリーマンとデートを重ねるようになった。そのうち、その相手と結婚するのではないか。

多門は、短くなった煙草を爪で弾き飛ばした。

そのすぐ後、マンションの地下駐車場でエンジン音がした。多門は地下駐車場の出入口に走った。

キャデラック・エスカレードのライトが灯っていた。運転席の尾藤は、黒のフォーマルスーツ姿だった。奈々は車内にいなかった。

多門はエルグランドに駆け寄り、大急ぎでエンジンを始動させた。ライトは点けなかった。

少し待つと、キャデラック・エスカレードがエルグランドの横を走り抜けていった。

多門は尾藤の車を尾行しはじめた。

キャデラック・エスカレードは近くの外苑西通りに出ると、西麻布方面に向かった。

尾藤は誰かの通夜に顔を出す気らしい。

黒いアメリカ車は西麻布交差点を突っ切り、そのまま直進した。

多門は慎重に追尾しつづけた。キャデラック・エスカレードが停まったのは、西麻布一丁目の裏通りにあるセレモニーホールの前だった。

そのあたりには、ベンツやロールスロイスが何台も連なっていた。どうやらセレモニーホールの中では、筋者の通夜が執り行なわれているらしい。

多門はセレモニーホールの四、五十メートル先に車を停めた。煙草を一本喫ってから、外に出た。

セレモニーホールまで引き返す。玄関ロビーには誰もいなかった。

多門は弔い客を装って、四階建ての建物の中に入った。ロビーの案内板を見ると、東門会合同通夜会場という文字が目に留まった。二階だった。

多門は階段を使って、二階に上がった。

エレベーターホールの前に受付カウンターがあったが、無人だった。左手の通夜会場から線香の匂いが漂ってくる。両開きの扉の片方は開け放たれていた。

多門は、そこから通夜会場を覗き込んだ。暴力団関係者が十数人、パイプ椅子に腰かけていた。

祭壇には五つの遺影が並んでいる。そのうちの三人は、多門が信州の山の中で撃ち殺した尾藤の手下だ。残りの二人は諏訪湖近くの別荘で何者かに撲殺された見張りだった。

柩は見当たらない。五人の遺体は冷凍室に保管されているのだろう。

五人の死体が見つかったとは、マスコミで報道されていない。なぜなのか。尾藤は警察官僚と繋がっていて、弟分たちが殺されたことを伏せてもらったようだ。しかし、なんでそんなことをする必要があるのか。

多門は首を傾げた。

そのとき、背後で足音がした。振り向くと、パーマで髪を縮らせた若い男が立っていた。東門会の構成員だろう。

「失礼ですが、どちらさんでしょう？」

「公文さんの通夜は、ここだよな？」

多門は努めて平静に訊いた。一階ロビーの案内板に書かれていた文字をとっさに思い出したのだ。

「階が違うな」

「えっ、ここは三階じゃなかったっけ？」

「なに、寝ぼけたことを言ってやがるんだ。ここは二階じゃねえか」

「あっ、ほんとだ」

「目障りだ。早く消えな」

男が顔をしかめた。多門は照れ笑いを浮かべながら、階段の降り口に足を向けた。

「おい、三階に行くんだろ？」

「車の中に香典を忘れてきたんだ。いったん一階に降りなきゃな」

「ちょっと待てや。おめえ、なんか怪しいな。香典泥棒じゃねえのか。おい、待てや」

パーマ頭の男が走ってきて、後ろから組みついてきた。

多門は腰を屈め、背負い投げを打った。パーマをかけた男は弾みながら、二階と一階の間にある踊り場まで転げ落ちた。派手な物音がした。

多門は階段を駆け降りはじめた。踊り場まで下ったとき、東門会の構成員と思われる男たちが四、五人追ってきた。

多門は一階まで一気に駆け降り、表に走り出た。

ダブルの黒い礼服を着た男たちが怒号を放ちながら、必死に追ってくる。四人だった。

エルグランドに走り寄るのは賢明ではない。多門はそう判断し、逆方向に走りだした。

四人はしつこく追ってきた。

百数十メートル先に、寺があった。

多門は境内に走り入り、墓石の陰に隠れた。男たちが次々に墓地に駆け込んできた。

多門は最初に飛び込んできた男に横蹴りを放ち、二番目の男の首根っこを押さえた。そのまま、囲い石の角に顔面を叩きつけた。

「てめーっ」

三番目の男が喚きながら、頭から突っ込んできた。

多門は数歩退がって、足を飛ばした。空気が縺れる。前蹴りは相手の急所に入った。

男が唸って、その場にうずくまった。

多門は相手の顎を蹴り上げ、四番目の男に組みついた。巨体で押しまくり、小内刈りで相手を倒した。

「動くんじゃねえ！」

最初に倒れた男が高く叫んだ。その右手には、黒っぽい自動拳銃が握られていた。型（タイプ）までではわからなかった。

「人を撃（ハジ）いたことがあるのか？」

多門は怯（ひる）まなかった。腰の後ろには、サイレンサー付きのブローニング・ハイパワーを差し込んであった。

「粋（いき）がってると、ぶっ放すぞ」

「てめえは人を撃ったことがねえな。銃口が不安定に揺れてるぜ」

「うるせえ！　くそっ、大物ぶりやがって。てめえ、どこの組の者なんだっ」

「喚（わめ）くのは、まだチンピラの証拠だな」

「なめやがって」

男が気色（けしき）ばみ、スライドを引いた。銃口は、一段と大きく揺れはじめた。

「拳銃（チャカ）握ったら、迷わず撃（ハジ）くもんだ」

多門は言いざま、ブローニング・ハイパワーの引き金を絞った。右手首に反動（キック）が伝わってきた。

放った銃弾は、相手の腹部に命中した。

被弾した男は石畳の上に引っくり返った。弾みで、自動拳銃が吹っ飛ぶ。仲間の三人が慌てて墓石の裏に逃げ込んだ。

「てめえらは、まだ当分の間、幹部になれねえな」

多門は嘲笑し、身を翻した。

誰も追ってこなかった。多門は悠然と寺の境内を歩き、エルグランドを駐めた場所に足を向けた。

百五、六十メートル歩くと、懐でスマートフォンが震えた。多門は歩きながらスマートフォンを口許に近づけた。

「クマさん、わたし、悔しくって」

女友達の中里亜弓が、のっけに言った。

「何があったんだ？」

「帰宅途中にコンビニに立ち寄ったんだけど、店を出た瞬間、パキスタン人と思われる男にハンドバッグを引ったくられちゃったの」

「現金は、どのくらい入ってたんだ？」

「五万円弱なんだけど、ハンドバッグの中には銀行のキャッシュカードやクレジットカードがそっくり入ってたの」

「そいつは、とんだ災難だったな。明日一番で、銀行とクレジット会社にカードの盗難届を出したほうがいいぜ」

「そうするわ。犯人は、きっと不法滞在者にちがいないわ。仕事もないんで、追いつめられて犯罪に走ったんじゃない？」

「ああ、おそらくな」

多門は短く応じた。

前年度の刑法犯件数は、五十六万八千強だ。戦後最少である。

ただ、強盗、窃盗、傷害、放火などの凶悪犯罪が増えている。ことに、深夜スーパーなどを狙う強盗事件が急増中だ。外国人による犯罪も増加している。

「日本にいる外国人のすべてが犯罪者の予備軍とは言わないけど、不法滞在者たちの存在は不気味だわ。駅の構内でイラン人に麻薬（ドラッグ）を押し売りされそうになったことがあるし、六本木でいきなり白人の男に抱きすくめられたこともあるの」

「確かに柄の悪い不法滞在者が増えたよな」

「オーバーステイの連中をもっと厳しく取り締まって、それぞれの国に強制送還すべきだわ」

「そうやっても、偽造パスポートで再入国する奴らが跡を絶たないんだよ。経済的にまだ発展途上の国や宗教的な戒律の厳しい国々の連中にとって、日本は天国だからな」

「だからって、好き放題されたんじゃ、こっちが迷惑だわ。わたし、基本的には人種差別には反対だけど、マフィア化した不良外国人たちは追放すべきだと思ってるの」

「おれも同感だね。しかし、そういう悪党どもは揃って強か（したた）だから、一筋縄ではいかねえんだよな」

「そうなんでしょうね。それにしても、頭にくるわ」

「そんな目に遭（あ）ったんじゃ、当座の生活費にも困るだろう。少し回してやるよ」

「手許に一万数千円あるから、なんとかなるわよ」

亜弓が言った。

「それだけじゃ、心許（こころもと）ないはずだ。おれ、西麻布にいるんだよ。麻布十番なら、ひとっ走りさ」

「わざわざお金を届けてくれるの？」

「ああ。好きな女が困ってるんだ。何かしなきゃな。これから、すぐ部屋に行くよ」

多門は電話を切って、急ぎ足になった。

4

客の姿はなかった。

多門は奥のテーブルに着き、韓国風どぶろくマッコリとアグチムを注文した。アグチムは、鮟鱇(あんこう)の身と野菜を唐辛子で和(あ)えた料理だ。

新宿の職安(しょくあん)通りから少し奥に入ったハレルヤ通りに面した二十四時間営業の韓国家庭料理店である。午後四時過ぎだった。

多門は、この店でチコと落ち合うことになっていた。

寝不足で頭が重い。前夜、多門は亜弓の部屋に泊まることになってしまった。彼は当座の生活費として亜弓に五十万円を渡した。別段、下心があったわけではなかった。しかし、亜弓は金を当然のように受け取ることに抵抗があったようだ。返礼のつもりか、多門をベッドに誘い込んだ。

断る理由はなかった。多門は明け方近くまで亜弓と肌を貪(むさぼ)り合った。行為の途中で、なぜだか亜弓の顔に留理江の愁(うれ)い顔が重なった。多門は、いつもより燃えた。

代官山の自宅マンションに帰りついたときは疲れ果てていた。多門は服を着たまま、泥のように眠った。

チコから電話がかかってきたのは、午後三時ごろだった。ニューハーフは毒ガスで殺されたサムのことを話題にした後、店の上客であるアメリカ人の中年男が変死したことを喋った。

そのアメリカ人は、日本の不動産を安く買い叩いている凄腕のバイヤーだったという。メガバンク、ノンバンク、生命保険会社などは、いまも塩漬け状態の不良担保不動産を抱え込んでいる。その物件数は五万近い。

外資系の不動産投資会社がだいぶ前から、競って日本の不良債権物件を超安値で買い漁っている。その買い叩きぶりは凄まじい。

米国系投資家グループは、ある大手ノンバンクの不良債権二千七百億円をわずか二百億円で入手している。旧住友銀行でさえ、二千億円相当の担保不動産をわずか六十億円で譲渡してしまった。旧東京三菱銀行も不動産担保付き債権を外資系企業に引き取ってもらった。

不良債権の売却は、企業のイメージダウンになる。といって、巨額の不良債権を抱えたままでは倒産しかねない。そんな事情があって、邦銀、ノンバンク、生保会社は自社の不良債権を二束三文で手放さざるを得ないわけだ。

マッコリが運ばれてきた。

多門は強い酒を口に運んだ。それほど癖はない。アグチムをつつきはじめたとき、派手な身なりのチコが店に入ってきた。

チコは椅子に坐ると、牛カルビと野菜の炒めもののカルビチームとヘジャングッをオーダーした。ヘジャングッは、もやしや白菜の入ったスープだ。

「このあたりは、もう完璧にエスニックタウンね」

チコがそう言って、細巻きのアメリカ煙草をくわえた。

「そうだな。職安通りには韓国料理の食材店やビデオ屋が並んでるし、百人町や大久保界隈には東南アジア系、ヒスパニック系の連中が大勢いる」

「新大久保駅の周辺なんか時間帯によっては、日本人よりも外国人の数のほうが多いくらいよ」

「ああ、そうだな。チコ、本題に入るぜ」

「いいわよ」

「ロバート・スミスって不良債権ビジネス屋は自宅マンションの浴槽の中に上半身を突っ込んで死んでたって話だったな?」

「ええ、そうよ。所轄署は、お風呂に入ろうとしたロバートが急に貧血か目まいに襲われて、湯の中に顔を突っ込んじゃったんじゃないかという見方をしてるみたいよ。行政解剖の結果、外傷は何もなかったんでね」

「ただ、スミスって男は腕時計を嵌めたままだったたって話だったよな？　その腕時計は、防水加工されてたんだろうか」

「防水型じゃなかったと思うわ。時計のバンドは鰐革だったもの」

「なら、他殺の疑いがあるな」

多門は言った。

「あたし、ロバートは殺されたんだと思うわ。ロバートの知り合いの男性モデルをやってたイギリス人が同じ死に方をしてるのよ、一週間ぐらい前にね」

「その話は誰から聞いたんでえ？」

「ロバートがお店に来たとき、そう言ってたの。それから、彼ね、日本人の男に尾行されてるとも言ってたわ。だから、ロバートは誰かに殺られたんじゃないかと思ったわけ」

チコが煙草の火を揉み消した。カルビチームとヘジャングッが運ばれてきたからだ。店の従業員が遠ざかってから、多門は口を開いた。

「チコが言ったように、ロバート・スミスは殺されたんだろう」

「不良債権ビジネスには、整理屋とか担保物件に居坐ってる占有屋なんて敵がいるわよね。ロバートは、そういう奴らに殺されたんじゃない？」

「そうかもしれねえけど、モデルをやってたイギリス人の男も同じような死に方をしてるわけだろ？」

「そうか、そうね。モデルだった男が整理屋やビルの占有屋に逆恨みされるわけないわねえ」

「同一人物による犯行（ヤマ）だとしたら、白人狩りとも考えられるな」

「待ってよ、クマさん。六本木の連続事件の被害者は拉致されただけでしょ？　三十人のうち五人は殺人試合で死んだって話だったけど、別に即座に殺されたわけじゃないわ」

「確かに、被害者が白人だったってこと以外にゃ共通点はねえな」

「六本木の連続拉致事件とは、ロバートと男性モデルだったイギリス人の変死は関わりがないんじゃない？」

チコがスープをひと口啜（すす）り、カルビチームを食べはじめた。多門もアグチムを平らげ、マッコリを傾けた。

「東門会の尾藤をマークしつづけたほうが早道なんじゃない？」

「そうだな、そうかもしれねえ。六本木の事件（ヤマ）と何か関連があるような気がしたんだが、空振りだったみてえだな」

「クマさん、そんなにがっかりした顔をしないでよ。あたしは思いがけなくクマさんと会えて嬉しいわ」

「そうかい、そうかい」

「ね、お店には七時半までに入ればいいの。この裏のホテルで二人っきりになりたいな」

チコが流し目をくれた。

「そうもしてられねえんだ。また、尾藤を張り込まなきゃならねえからな」

「それじゃ、一時間だけつき合って。ううん、三、四十分でもいいわ」

「そいつは、またにしよう。これで好きなもんを腹いっぱい喰えや」

多門は卓上に三枚の一万円札を置くと、のっそりと立ち上がった。チコが慌（あわ）てて腰を浮かせる。

「クマさん、それはないでしょ！　それじゃ、どこかでコーヒーを飲もう？　それなら、つき合ってくれるわよね？」

「ああ、コーヒーぐれえならな」

多門は言った。チコが立ったままカルビチームを掻き込み、支払いを済ませた。

二人が表に出たとき、近くで爆発音が轟いた。三十メートルほど先にあるマンションの窓ガラスが爆風で砕け、橙色の炎と白煙が噴き出した。

少し経つと、マンションの中から中国人らしき男たちが走り出てきた。

誰もが血みどろだった。片腕を噴き飛ばされた者もいた。

「あのマンションには、上海マフィアたちが多く住んでるの。福建か北京出身の連中に時限爆弾でも仕掛けられたんじゃない？　このあたりでは、中国人同士の喧嘩がよくあるのよ」

チコが小声で言った。

多門はマンションの少し先に、見覚えのある男が立っているのに気づいた。昨夜、墓地で痛めつけた四人のうちのひとりだ。

尾藤の手下が上海マフィアのアジトに時限爆弾装置を仕掛けたのかもしれない。多門は、そう思った。

「チャイニーズ・マフィア同士の抗争なんて珍しくもないわ。クマさん、歌舞伎町でお茶を飲もうよ」

「ひとりでコーヒーを飲んでくれ。おれ、急に大事な用事があることを思い出したんだ」

「あたし、怒るわよっ」

チコが両手を腰に当てた。

多門は拝む真似をして、小走りに走りだした。怒ったチコに罵声を浴びせられたが、振り返らなかった。爆破されたマンションの前の路上には、怪我をした男たちが横たわって苦しげに唸っていた。いつの間にか、野次馬も集まりはじめていた。

多門は人垣を掻き分けながら、前に進んだ。

東門会の若い構成員は、新大久保駅の方向に足早に歩いていた。芥子色の派手な背広姿だった。二十六、七歳だろうか。

多門は男を尾けた。

男は大久保通りに出ると、ガラス張りのカフェ&レストランに入った。客の大半は外国人だった。

髪を金色に染めたコロンビア人と思われる女たちの一団が窓際の席で、何やら陽気に談笑していた。おそらく彼女たちは街娼だろう。近くのテーブルには、イラン人らしい男たちの姿があった。

コロンビア人娼婦の多くは、イラン人の男をヒモ兼用心棒にしている。悪質な客や日本人やくざとのトラブルを彼らに処理させているわけだ。

派手な背広を着た若い男は、奥のテーブル席についた。

そこには、坊主頭の男がいた。三十歳前後で、草色のバトルジャケットを着ている。崩れた感じだが、暴力団員ではなさそうだ。

多門はカフェ&レストランの中には足を踏み入れなかった。物陰に身を潜め、嵌め殺しのガラス窓から店内の様子をうかがう。

マークした若い男は、戦闘服の男と何やら話し込んでいる。顔を近づけ合っていた。どうやら密談しているようだ。

五分ほど経つと、坊主頭の男がトイレに立った。芥子色のスーツをまとった男は煙草を吹かしながら、店内にいる外国人の男女の数を目で数えはじめた。

尾藤は、白人以外の外国人たちも引っさらうつもりなのだろうか。

多門は店の前の通りに目を配った。だが、不審な人影は見当たらない。怪しい車も目に留まらなかった。

野戦服の男がトイレから出てきた。派手な背広を着た男がさりげなく立ち上がった。

二人は店を出ると、新大久保駅とは逆方向に歩きだした。急ぎ足だった。

多門は男たちを尾けはじめた。

七、八十メートル進んだとき、背後で地響きを伴った爆発音がした。多門は反射的に立ち止まり、すぐに振り返った。

爆破されたのは、カフェ＆レストランだった。噴き飛ばされた椅子やガラスの破片が大久保通り一面に散乱していた。

車のブレーキ音や警笛が幾重にも重なった。カフェ＆レストランからは、血塗れの客たちが這い出してくる。外国人ばかりではなく、日本人男女の姿も見えた。

怪我人を見殺しにはしたくないが、仕方ない。

多門は迷いをふっきって、怪しい二人組を追った。男たちは路地に折れかけていた。多門は駆け足になった。路地に走り入ると、二人の後ろ姿が小さく見えた。

多門は身を隠しながら、男たちを尾行しつづけた。遠くからパトカーと消防車のサイレンが二重奏のように響いてきた。

二人は職安通りに出ると、三菱のジープに乗り込んだ。幌付きだった。幸運にも、多門も職安通りに借りたエルグランドを駐めてあった。レンタカーに走り寄り、慌ただしく運転席に坐り込む。

イグニッションキーを捻ったとき、幌付きのジープが発進した。

ステアリングを操っているのは、芥子色の背広の男だ。坊主頭の男は助手席に坐っていた。

多門もエルグランドを走らせはじめた。

ジープは新宿七丁目交差点を右折し、いったん明治通りに出た。すぐに新宿六丁目交差点を右に曲がり、花道通りに向かった。

区役所通りの少し手前にある飲食店ビルの近くで、幌付きジープは一時停止した。そのあたりには、中国人と思われる男たちが七、八人たむろしていた。

ジープの助手席から、果実のような塊が投げつけられた。

よく見ると、それは手榴弾だった。炸裂音が響き、赤い閃光が走った。中国人らしき男たちが爆風で宙に舞い上げられた。

狙われたのは、おそらくチャイニーズ・マフィアだろう。それにしても、大胆な連中だ。大勢の人間にジープを見られているはずだから、当然、警察は網を張るだろう。そうなれば、二人とも取っ捕まってしまう。無謀すぎる。

多門は呆れた。

ジープが急発進した。信号を無視して、区役所通りを突っ切った。多門は追走した。

疾走してくるタクシーを辛うじて躱し、ジープを追った。

ジープは新宿東宝ビルの真裏にあるエスニックレストランの前に停まった。

ふたたび手榴弾が店内に投げ込まれた。

炸裂音が轟く前に、ジープは走りだしていた。多門はエスニックレストランが爆ぜるまで待たなければならなかった。

ジープは猛進し、今度は小さな公園の横に停まった。

そこは、不法滞在のイラン人たちの溜まり場だった。

またもや坊主頭の男がジープの助手席から、手榴弾を投げた。公園にいたイラン人の男たちが爆風で煽られた。負傷者は十人ではきかないだろう。

男たちは、不法滞在の外国人を狙っているのだろう。しかし、日本人も巻き添えになっている。赦せない。

多門は義憤を覚えながら、懸命に幌付きジープを追跡した。

ジープは丁字路を右に曲がり、セントラルロードに出た。靖国通りの手前で、イスラエル人たちが露店を張っていた。

ジープは露店のそばに停まった。次の瞬間、手榴弾が投げ放たれた。イスラエル人の露天商たちが宙を泳ぎ、商品のアクセサリーや複製画も高く舞った。

まるで無差別テロだ。多門は一段と怒りを覚えた。

ジープは靖国通りを左折し、曙橋方面に逃走しはじめた。しかし、新宿五丁目交差点の手前で無理な追い越しに失敗し、コンテナトラックと接触した。

ジープは撥ね飛ばされ、後続のバスに弾かれた。ガードレールに激突し、そのまま転倒した。

数秒後、漏れたガソリンに火が走った。

ジープは、あっという間に炎に包まれた。車の外に這い出そうと必死にもがいている二人の男は、じきに動かなくなった。タイヤだけが空転している。

罰が当たったのだろう。

多門は炎上するジープを一瞥して、交差点を通過した。交差点のあたりには数台のパトカーが集まり、検問所を設ける準備をしていた。

東京厚生年金会館跡に差しかかったとき、スマートフォンが鳴った。発信者は杉浦だった。

「クマ、例の別荘の持ち主がわかったぜ。誰だったと思う？」

「焦らさねえで、早く言ってくれ」

「久我善行だよ」

「どっかで聞いたことのある名前だな」

「右寄りの政治結社『報国青雲会』の代表だよ。久我は現在五十七歳だが、大学生のころから民族派の暴れん坊として、既成の右翼団体や暴力団からも一目置かれてた男なんだ」

「そいつの伝説は、おれの耳にも入ってるよ。赤坂の高級クラブで飲んでたアメリカ人の商社マンをいきなり仕込み杖で叩っ斬ったって奴だろう？」

「そうだ。その事件を起こしたのは六年前だが、十年前には親米派の国会議員を袈裟斬りにして、二年三カ月の実刑を喰らってる。クマ、久我が無国籍化しつつある日本の将来を憂えて、外国人狩りを企んだんじゃねえのか？」

「杉さん、それは考えられるね。国粋主義者の久我は、不良外国人たちがのさばってるのを腹立たしく思ってたにちがいない」

「で、久我は東門会の尾藤に白人狩りをさせた。尾藤はてめえの手を汚したくなくて、ダーティーな仕事をサムに請け負わせた」

「六本木の連続拉致事件については、その通りだろうな。しかし、敵の狙いは白人だけじゃねえようなんだ」

多門はそう前置きして、きょうの出来事を伝えた。チコから聞いたアメリカ人バイヤーとイギリス人男性モデルの変死についても話した。

「久我はすべての外国人を排斥して、日本の企業を脅かす奴らも処刑しようと思ってるのかもしれねえな」

「考えられるね。一連の事件の首謀者は、久我なんだと思うよ。尾藤は実行部隊の指揮官にすぎないんだろう」

「『報国青雲会』は会員百人そこそこの政治結社だぜ。久我がてめえひとりで外国人狩りの資金を調達したとは思えねえな。クマ、久我には誰か大物のスポンサーがついてるんじゃねえか」

「そうなんだろうね。タカ派の大物政治家もいるし、民族派の財界人もいるからな。杉さん、本庁の公安三課から右翼関係の情報を集めてくれないか」

「それは引き受けるが、久我をストレートに狙うのは危険だな。なにしろ、警察官僚にも裏社会にも太いパイプを持ってる野郎だ。参謀格の尾藤を揺さぶってみろや、とりあえずさ」

杉浦が忠告した。

「そうだな、そうするよ」

「変態映像は、まだクマの手許にあるんだろ?」

「ああ」

「そいつを使わねえ手はねえぜ」

「わかってるよ。杉さん、お疲れさん！」

多門はスマートフォンを懐に戻し、ミラーの後続車の位置を確かめた。

第五章　裂けた陰謀

1

動く人影はない。

刺客の気配はうかがえなかった。多門は中央図書館に近づいた。有栖川宮記念公園の中だ。午後八時五分前だった。

すでに尾藤は指定した場所で待っているかもしれない。奈々のマンションに電話をかけたのは、七時過ぎだった。

多門は電話口に出た尾藤に、淫らな映像データを三百万円で買い取れと迫った。むろん、金が欲しかったわけではない。尾藤を誘き出すための口実だった。

東門会の若頭は、二つ返事で裏取引に乗ってきた。多門は取引場所と時刻を指定して、すぐさま電話を切った。

取引時刻のおよそ一時間前に電話をかけたのは、それなりの理由があった。

多門は、尾藤が久我善行に連絡をとると踏んだのだ。久我は『報国青雲会』のメンバーを取引現場に差し向ける気になるだろう。多門は尾藤だけではなく、久我の配下も人質に取るつもりだった。

多門は遊歩道を進みながら、消音器付きのブローニング・ハイパワーを腰の後ろから引き抜いた。残弾は六発だった。

ほどなく中央図書館の裏に達した。

まだ館内は明るかった。窓から電灯の光が淡く洩れていた。

多門は図書館の外壁にへばりついた。そのまま表側に回る。アプローチをうかがったが、人の姿はなかった。

約束の時刻は午後八時だ。まだ数分ある。

多門は建物にへばりついた状態で、時間を遣り過ごした。

すぐに八時になり、さらに十五分が経過した。しかし、尾藤はいっこうに現われない。

敵は、こちらが焦れて無防備に動きだしたところを闇討ちする気なのだろう。

多門は巨身を屈めて、近くの繁みに走り入った。

横に移動し、アプローチを見通せる場所にたたずんだ。そのとき、かすかな血臭が地面から立ち昇ってきた。

多門は目を凝らした。

数メートル先に、人間が俯せに倒れていた。多門は低く声をかけてみた。しかし、返事はなかった。

多門は近寄り、ライターの火を点けた。

あたりが明るんだ。倒れた男の背中の左側に、匕首が深々と突き刺さっていた。

ちょうど心臓の真裏のあたりだ。白っぽい上着には、血の染みが大きく拡がっている。

多門は体を傾け、男の顔を覗いた。

なんと尾藤だった。恨めしげに虚空を睨んでいる。微動だにしない。息絶えていた。

久我が尾藤を若い者に葬らせたにちがいない。

多門はライターの炎を消し、暗がりを透かして見た。

やはり、刺客の姿は見当たらない。多門は遊歩道に出て、急ぎ足で公園を出た。

エルグランドは愛育クリニックのある通りに駐めてあった。車に向かっている途中、杉浦から電話がかかってきた。

「もう尾藤は押さえたのか？」

「それが意外な展開になったんだ。尾藤が殺られちまったんだよ」

多門は詳しい話をした。

「おそらく久我が誰かに尾藤を始末させやがったんだろう」

「そいつは間違いねえと思うよ。ところで、杉さん、何か桜田門の公安から引っ張り出してくれた？」

「残念ながら、一連の事件に結びつくような情報は得られなかったんだ」

「そうか。『報国青雲会』の本部は、どこにあるんだい？」

「市谷加賀町だよ。けど、久我が本部に顔を出すのは月に二、三回らしいぜ」

「自宅は？」

「田園調布五丁目だよ。数寄屋造りのでっけえ邸だって話だぜ。ふだんは、そこにいるそうだ」

「久我に何か弱点はねえかな？　当然、愛人はいるんだろうが、女を囮にするのはどうも気が進まねえんだ」

「久我は飼ってる土佐犬を家族以上にかわいがってるそうだぜ。ゴンという名の老犬らしいんだがな。クマ、その土佐犬を引っさらってみな。おそらく久我は狼狽して、クマの言いなりになるだろう」

杉浦が入れ知恵した。

「その手は、案外、効果があるかもしれねえな。ペットを家族以上に大事にしてるんだったら、民族派の暴れん坊もオタつくだろうからね」

「ああ。しかし、問題はどうやって、土佐犬に接近するかだよな。久我の邸宅はセキュリティー・システムが完璧だろうから、簡単にゃゴンをさらえねえだろう」

「宅配便の配達人に化けて敷地の中に入って、土佐犬に麻酔ダーツ弾を撃ち込むって手はどうかな」

「麻酔ダーツ弾は、どうするんでえ？」

「知り合いの獣医に分けてもらうよ。その先生、牛とか馬なんて大型動物を専門に診てるんだ」

「そうかい。けど、麻酔ダーツ弾で瞬間的に土佐犬を眠らせることはできないんじゃねえのか？」

「麻酔が効くまで、数十秒はかかるだろうな。その間に土佐犬と取っ組み合ってたら、家の者に見つかっちまうか」

「ああ、まず見つかるな。それに、犬小屋は庭の奥に置かれてるのかもしれねえぞ」

「そうだね。なら、外に散歩に出たゴンを狙うか」

「クマ、その手を使えや。久我自身がゴンを毎日散歩させてるんだったら、どっちも押さえられるじゃねえか。別の者が散歩させてるとしても、ゴンは押さえられる」

「そうだな。それじゃ、これから御殿場に住んでる獣医のとこに行ってみるよ」

多門は電話を切り、レンタカーのエルグランドに乗り込んだ。

エンジンをかけてから、電話で獣医にこれから訪ねることを伝えた。獣医は迷惑そうではなかった。

彼には、少しばかり貸しがあった。セックス・スキャンダルの罠に嵌まり、地方競馬の八百長レースに加担させられそうになった際に脅迫相手の暴力団の幹部を蹴散らしてやったのだ。もう二年近く前の話である。

多門は車を走らせ、高速三号渋谷線に乗った。そのまま東名高速道路に入り、速度を上げた。

御殿場市の外れにある獣医宅に着いたのは、午後十時四十分ごろだった。四十代後半の獣医は診察室で待っていた。

多門は来訪の目的を告げた。獣医は黙って予備の麻酔銃を差し出した。使用目的は訊かなかった。麻酔薬ケタミンのアンプルを抱えたダーツ弾を三発、多門の掌に載せた。

多門は目顔で謝意を表わし、やはり無言で麻酔銃とダーツ弾を上着のポケットにしまった。

それから、二人は昔話に花を咲かせた。

多門は午前二時過ぎに暇を告げ、東京に舞い戻った。田園調布の久我邸を探し当てたのは、午前五時前だ。

久我邸は、想像していた以上の豪邸だった。

敷地は六百坪前後ありそうだ。庭木の向こうに、趣のある家屋が建っている。邸宅は、ひっそりとしていた。

多門はエルグランドを久我邸の隣家の生垣の横に停めた。すぐにエンジンを切り、ライトも消す。

久我邸の勝手口の扉が開いたのは、数十分後だった。

茶色の土佐犬が先に姿を見せ、じきに六十五、六歳の女性が現われた。太い綱を握っていた。久我家のお手伝いの女性と思われる。

ゴンだろう。

多門はシートに坐り直した。だが、イグニッションキーは捻らなかった。

年配の女性が土佐犬に引かれて、朝まだきの邸宅街を歩きだした。彼女と犬がだいぶ遠ざかってから、多門はエルグランドのエンジンを始動させた。

低速で、土佐犬と女性を追う。高級住宅街を数百メートル行くと、お手伝いらしき年配の女性は緑の多い公園の中に入っていった。

多門は車を公園の際（きわ）に停め、サングラスで目許を隠した。静かにエルグランドを降り、園内に入る。

公園は擂鉢（すりばち）状になっていた。太い綱を外された土佐犬は、窪地（くぼち）を嬉（うれ）しそうに駆け回っていた。年配の女性はベンチに腰かけ、目を細めて茶色い犬を眺めている。

彼女のほかに、人の姿はない。

多門は斜面を駆け降り、六十代半ばの女性に話しかけた。

「久我さんのお宅の土佐犬ですね？」

「ええ、そうです。ゴンといいますの。もう十二歳なんですよ。成犬になったばかりのころは、ものすごい腕白（わんぱく）坊主だったんですけど、最近はすっかりおとなしくなってしまって……」

「それでも、元気そうじゃないですか」

「ええ、まあ。お近くにお住まいの方ですか？」

年配の女性が問いかけてきた。

「いいえ、たまたま犬を見かけたんですよ。子供のころ、秋田犬を飼ってたんです。それで、少し犬を見せてもらおうと思いましてね」

「そうですか」

「ちょっと呼び寄せてもらえます？」

多門は頼んだ。年配の女性が笑顔でうなずき、大声で犬の名を呼んだ。ゴンは落葉の中に鼻先を突っ込んでいたが、すぐに走り寄ってきた。多門は懐から麻酔銃を取り出した。すでにダーツ弾は装塡済みだった。

土佐犬が多門の足許にしゃがみ込んだ。

多門はゴンの首にダーツ弾を撃ち込んだ。ゴンが短く鳴き、高く跳躍した。多門は土佐犬の腹を蹴った。

犬は宙で四肢を縮め、地べたに落下した。低く唸ったが、飛びかかってはこない。

「あなた、なんてことをするんですっ。ゴンに何を撃ったの！」

年配の女性がベンチから立ち上がり、金切り声を張り上げた。

「騒ぎ立てないでください。ほんの少しゴンを預からせてもらうだけです。もうじきゴンは麻酔で眠るでしょう」

「さっき撃ったのは、麻酔弾だったのねっ」

「そうです。あなたは、お宅に戻ってください。戻らないと、あなたにも麻酔ダーツ弾を撃ち込まなければならなくなるな」

多門は土佐犬と女性を等分に見ながら、穏やかに言った。ゴンは体が痺れはじめたのか、地べたに寝そべった。

「ゴン、しっかりしなさい」

年配の女性が土佐犬に駆け寄りそうになった。多門は、女の行く手に立ち塞がった。

「ゴン、待っててよ。すぐに救けてあげるからね」

六十代半ばの女性はそう言いながら、公園の階段を駆け上がっていった。誰かを呼びに行ったのだろう。

多門はゴンを見た。

目を閉じ、ぴくりとも動かない。麻酔薬が効いたようだ。多門は麻酔銃をベルトの下に差し込み、ゴンを小脇に抱えた。

割に重い。体重は四十キロ以上はありそうだ。

多門はゴンを抱えて、車に駆け戻った。後部座席にゴンを寝かせ、すぐエルグランドを発進させた。ゴンの体内には、二十cc以上のケタミンを注入してある。まず二時間は意識を取り戻さないだろう。

多門は代官山の自宅マンションに向かった。

二十数分で、自宅に着いた。ゴンを抱きかかえて、自分の部屋に入る。

多門はゴンをダイニングキッチンの床に横たわらせ、NTTの番号案内係に久我善行の自宅の電話番号を問い合わせた。幸いにも、シークレットナンバーにはなっていなかった。

電話番号をメモし、多門は丸めたティッシュペーパーを口に含んだ。それからスマートフォンで、久我邸の固定電話を鳴らした。

すぐに先方の受話器が外れた。電話口に出たのは五、六十代の男だった。

「久我善行さんかな？」

多門は確かめた。

「そうだ」

「ゴンを預かったぜ」

「き、きさまがゴンに麻酔弾を撃ったサングラスの大男か。いったい何者なんだ？」

「自己紹介は省かせてもらう。それより、スーザン・ハワードたち二十五人の白人男女を諏訪湖の別荘から、どこに移しやがったんだっ」

「なんの話をしてるんだ⁉　さっぱりわからんな」

「しらばっくれるんじゃねえ。あんたが東門会の尾藤に白人狩りを命じたんだろうが。

尾藤はてめえの手を汚したくなかったんで、サムって黒人に三十人の白人を引っさらわせた」

「おい、待ってくれ。尾藤なんて奴は知らんぞ」

「そこまで空とぼける気かい。相当な狸だな。あんたは尾藤をさんざん利用して、昨夜、有栖川宮記念公園で奴の口を封じさせた。尾藤の背中に匕首をぶっ刺したのは、『報国青雲会』の若い者だなっ」

「おい、何か勘違いしてるな。『報国青雲会』は、れっきとした政治団体だ。ごろつき集団と一緒にするな」

久我が苦々しげに言った。

「紳士面すんじゃねえ。あんたの素顔は、利権右翼だろうが。そうじゃなきゃ、田園調布の豪邸にゃ住めねえ」

「きさまは、わたしのことをよく知らんようだな。わたしの父親は鉱山会社の筆頭株主だったし、ジャワの石油採掘権も持ってたんだ。わたしは父親の遺産を相続して、それなりの資産を持ってるんだ。疚しいことなんか何もしとらん」

「きれいごとを言うんじゃねえ。あんたは私利私欲だけで動いてる薄汚え国会議員や広域暴力団の親分衆と結託して、さんざん甘い汁を吸ってきたはずだ」

「何を根拠に、わたしを中傷するんだっ」

「中傷だと？　笑わせるな。銭を追っかけてることには、目をつぶってやろう。けどな、問答無用とばかりに外国人を拉致するのは赦せねえ。あんたは六本木で白人狩りをやらせただけじゃなく、上海マフィアのアジトや外国人客の多いカフェ＆レストランに時限爆弾を仕掛けさせ、エスニックレストラン、イラン人の溜まり場の公園、イスラエル人の露店に手榴弾を投げ込ませた。ロバート・スミスというアメリカ人のバイヤーやイギリス人男性モデルも始末させたんじゃねえのかっ」

「確かに、わたしは外国人嫌いだ。しかし、連中を血祭りにあげるなんて野蛮なことはやらんよ」

「あんたがそう出てくるんだったら、家族以上に愛情を注いでるゴンをぶっ殺すことになるぜ」

「やめろ、ゴンには手を出すな。きさまの狙いは何なんだ？　金なら、好きなだけくれてやる」

「銭が欲しいわけじゃねえ。おれは、スーザン・ハワードたち二十五人の居所を知りてえんだよっ」

「そんな連中は知らないと言ったはずだ」

「なら、ゴンの血みどろの死体をあんたの邸の庭に投げ込むことになるな」

多門は冷たく言い放った。

「そう興奮するな。どこかで会って話そう。そうすれば、わたしの疑いは晴れるはずだ」

「おれを誘き出して、尾藤と同じように消すってわけかい？」

「まだそんなことを言ってるのか。わたしは、尾藤などという人間は知らんと言ったろうが。わたしが会の若い者に荒っぽいことをさせるわけないじゃないか。彼らはみんな、これからの日本を背負っていく逸材ばかりなんだ」

「二時間後に、もう一度電話する。そのとき、スーザンたちの監禁場所を吐かなかったら、ゴンは殺す。いいなっ」

「ま、待て。とにかく、会って話をしようじゃないか。そっちの望む場所に、わたしひとりで出向くよ」

久我が切迫した声で言った。

多門は無言でスマートフォンのアイコンに触れた。

2

土佐犬が身じろぎをした。

午前七時十分過ぎだった。そろそろ麻酔が切れるのだろう。

ゴンに罪はない。かわいそうなことをしたから、ハムでも喰わせてやるか。

多門はダイニングテーブルから離れ、冷蔵庫に歩み寄った。

ハムの塊(かたまり)を取り出し、手早く包装を剝(は)がした。ちょうどそのとき、ゴンが低く唸りはじめた。

「おめざめだな。ゴン、いい夢を見たか？」

多門は屈み込んで、ハムの塊を床に転がした。

ゴンは一瞬、ハムに目をやった。だが、喰いつこうとはしなかった。激しく吼(ほ)えたてはじめた。

「おい、もう機嫌を直してくれや。そのハム、上等なんだ。うめえぞ」

多門は土佐犬の頭を撫でようとした。

すると、ゴンが左腕に咬(か)みついてきた。鋭い痛みが走った。

多門は痛みを堪(こら)えてゴンを振り飛ばした。ゴンは横に転がったが、すぐに身を起こした。次の瞬間、後ろ肢(あし)を発条(ばね)にして、高く跳躍する。

多門は一歩退(さ)がって、足を飛ばした。

前蹴りはゴンの胸に入った。ゴンが宙で四肢を丸め、そのまま床に落下した。だが、闘志は失っていない。すぐに飛びかかってくる。振り払っても振り払っても、牙を剝いて挑みかかってきた。

その気になれば、土佐犬を蹴り殺すこともできる。しかし、ゴンを殺してしまったら、意味がない。

多門はテーブルの上にある麻酔銃を摑み上げ、またゴンにダーツ弾を埋め込んだ。狙ったのは首の後ろだった。そこなら、ゴンの歯はダーツの羽根に届かない。

ゴンはぐるぐる回っていたが、やがて床に頽(くずお)れた。咬まれた左腕が疼(うず)いているが、そのうち痛みは薄れるだろう。

ゴンは、九時ごろまで目を覚まさないだろう。さて、久我に電話してみるか。

多門は卓上のスマートフォンを摑み上げた。

そのすぐ後、部屋のインターフォンが連打された。何かのセールスにしては、時刻が早すぎる。宅配便でもなさそうだ。

久我が刺客を差し向けたのか。

多門はそっと椅子から立ち上がり、抜き足で玄関に向かった。ドアスコープに片目を近づける。人の姿は見当たらない。

ドアの横に刺客が隠れているのか。裏社会とも繋がりのある久我なら、多門の自宅を突きとめることぐらいは苦もないだろう。

多門は耳に神経を集めた。息も殺した。

しかし、誰かが身を潜めている気配は伝わってこなかった。多門はチェーンを外し、玄関ドアを開けた。

やはり、誰もいなかった。ただ、メーターボックスの前に白い発泡スチロールの箱が置かれていた。五十センチ四方の箱だった。宛名も差出人名も記されていない。

爆発物か。

多門は発泡スチロールの箱に耳を押しつけた。タイマーの針音は聞こえない。粘着テープを剝がし、ほんの少し蓋を浮かせてみる。金属臭はしない。わずかに白い煙が洩れた。

多門は箱を抱え上げた。

西瓜ほどの重さだ。多門は部屋に戻り、ダイニングキッチンで蓋を開けた。ほとんど同時に、白煙が拡散した。

中身はドライアイス詰めにされたスーザン・ハワードの生首だった。ポリエチレンの袋の底には、かなりの量の血液が溜まっていた。

切断面は平らだった。大型の電動鋸（のこぎり）か何かで、一気に首を刎（は）ねられたにちがいない。スーザンの死顔は苦しげに歪んでいた。

救い出してやれなくて済まない。勘弁してくれないか。

多門は合掌しかけて、すぐに思い留（とど）まった。改めて十字を切り、蓋を静かに閉める。

依頼人の間宮留理江に、どう伝えればいいのか。できることなら、スーザンの死を留理江には内緒にしておきたい。しかし、生首を勝手に処分するわけにはいかないだろう。

頭が混乱して、考えがまとまらなかった。

多門は煙草に火を点けた。ロングピースを喫（す）っているうちに、久我に対する憤（いきどお）りが急激に膨らんだ。喫いさしの煙草の火を消し、久我の自宅に電話をかける。当の本人が、すぐに受話器を取った。

「連絡を待ってたよ」

「なして、スーザンさ、殺したんだっ。その理由（わけ）さ、言ってみれ！」

思わず多門は岩手弁で喚（わめ）いた。

「スーザン？」

「とぼけんでねっ。スーザンの生首さ、おれの部屋の前さ、誰かに置かせたべ！」

「ゴンはどうしてる？」

「返事さ、はぐらかすんでねっ！　ちゃんと答えねえど、おめの土佐犬の首こ、刎ねるど！　それでもいいのけっ」

「わかった。アメリカ人の女の生首を届けさせたことは認めよう」

「やっぱり、おめが黒幕だったんだな。残りの二十四人は、どごにいる？　それさ、早ぐ言うべし！」

「その質問には答えられんな」

「よぐわがった。そんだば、すぐにゴンの首さ、刎ねるど！」

「ゴンを殺したら、ある場所にいる二十四人の白人男女を即刻、始末させるぞ。これは、ただの脅しじゃない」

「おめは、頭さ、よぐねえな。おれは、電話の遣り取り、録音してるんだ」

「そんなはったりは、わたしには通用しない。きさまは、わたしをそのへんのチンピラとでも思ってるのかっ」

　久我が声を張った。

「大物ぶるんでねっ。おめなど、小悪党でねえか」

「言ってくれるな」

「それから、おめの考えは時代錯誤だっ。なんぼ外国人嫌いでも、いまは国際化社会だべ。民族浄化などできるもんでねっ」

「き、きさまには日本人としての誇りがないのか！　おかしな外国人がのさばって、日本人の精神を堕落させてるんだぞ。このままじゃ、日本は滅びてしまう。いまこそ、誰かが体を張って、害虫どもを駆除しなければならないんだ」

「確かに、日本で悪さばかりしてる外国人はいる。それは、おれも認める。だからといって、無差別に外国人を狩るのは、間違ってる。おめの考えは、ネオナチの連中となんも変わらん。民族に優劣なんて、つけられねえべ」

「きさまは大和民族の優秀さを否定するのかっ。日本人は、世界で一番優れた民族なんだ。もっと自信を持て！」

「おめは何様のつもりなんだ？　ただのごろつき右翼でねえかっ」

「き、きさま！」

「ゴンさ殺されたくながったら、二十四人さ、いますぐ解放すべし！」

「それはできんな。きょう中に、二十四人の生首を届けてやる」

「本気なのけ⁉　嘘だべ？」

「わたしがゴンをどれだけ大事にしてるか、きさまはわからんようだな。それなら、これから直に処刑命令を下そう」

「ちょっと待ってけろ」

「なんだ？」

「おれの負けだ。ゴンは返してやる。けど、条件さ一つだけある」

「条件？」

「そんだ。ゴンと二十四人さ、交換してけろ。ゴンさ、二十四人のいる所に、おれが連れてく。もちろん、おれひとりで行ぐ。だがら、監禁場所さ、教えるべし！」

「そんな条件は呑めん。三十分以内に、ゴンをわたしの家に連れてくるんだっ」

「犬さ渡すたら、おれさ、殺す気なんだべ？」

多門は言った。

「こちらは、ゴンを押さえられてるんだ。きさまに何かするわけないだろうが！」

「おめは、何か切札さ持ってるな。そうなんだべ？」

「きさまこそ、大物ぶってやしないか。きさまなど、歯牙にもかけん。ゴンを連れて、すぐに田園調布に来い。三十分を経過したら、白人どもの首を順番に切断させる」

久我が電話を切った。

多門は固めた拳で、テーブルを打ち据えた。忌々しいが、いまは手の打ちようがない。スーザンの生首の入った箱をダイニングキッチンの隅に移し、昏睡している土佐犬を抱え上げた。

多門は部屋を出て、エレベーターで地下駐車場に降りる。レンタカーは返却済みだった。多門はボルボを入念にチェックしてみたが、妙な細工はされていなかった。どうやら久我は愛犬を取り戻すまでは、多門には危害を加える気はないらしい。ゴンを後部座席に横たわらせて、すぐ田園調布に向かう。

久我邸に着いたのは、およそ二十五分後だった。

冠木門の前には、大島紬の袷をまとった五十代後半の男が立っていた。久我だろう。ほかに人影は見当たらない。

多門は、男の横にボルボXC40を停めた。ドア・ロックを外し、消音器付きのブローニング・ハイパワーの銃把にそっと手を掛ける。

「久我善行だ。ゴンを返してもらうぞ」

和服の男が後部座席のドアを開け、両腕で愛犬を抱え上げた。

多門は久我の襟を摑み、サイレンサーの先を脇腹に突きつけた。

「二十四人の白人男女のいる場所を教えてもらおうか」

「撃ったら、きさまは後悔することになるぞ」

「どういう意味なんでえ？」

「前をよく見ろ」

久我が顎をしゃくった。

多門はフロントガラスの向こうに視線を放った。次の瞬間、声を上げそうになった。なんと前方から、二人の若い男に両腕を取られた間宮留理江が歩いてくるではないか。

なぜ、久我は留理江の自宅まで突きとめることができたのか。久我と通じている者が身近にいるのかもしれない。

「彼女が死んでもいいのか？」

「くそったれ！」

「武器をこっちに渡すんだっ」

「先に彼女を助手席に坐らせろ。そうしたら、拳銃は渡してやる」

「いいだろう」

久我がゴンを胸の高さに抱いたまま、少し後ろに退がった。

二人の人相の悪い男が留理江を引っ立ててきた。多門は依頼人に声をかけた。

「助手席に坐るんだ」

「これは、いったいどういうことなんですか？」

「話は後だ。早く車に乗ってくれ」

「は、はい」

留理江が男たちの様子をうかがいながら、助手席に坐った。男たちは、どちらも消音器付きの自動拳銃を上着の裾で隠している。

「さ、武器を渡すんだっ」

久我が圧し殺した声で言った。

多門はブローニング・ハイパワーを渡す振りをして、車を急発進させた。半ドアのままだった。久我がゴンを抱いたまま、バレリーナのように体を旋回させた。二人の男は跳びすさった。

「ドアを閉めて、頭を下げててくれ」

多門は留理江に言って、アクセルペダルを深く踏んだ。ミラーを仰ぐと、二人の男は路上に倒れた久我とゴンを抱え起こしていた。銃弾は放たれなかった。

多門は最初の四つ角を左に曲がり、多摩川の方向に走った。

「その拳銃は？」

「こいつはモデルガンなんだ。調査の仕事をしてると、裏社会の人間に脅されることもあるんだよ。それで、護身用にモデルガンを持ち歩いてるんだ。それより、なぜ、きみがさっきの二人の男に……」

「宅配便だというんで、マンションの玄関ドアを開けたら、あの二人がいきなり両腕を掴んで、わたしを無理矢理に車の中に押し込んだの。彼らが拳銃をちらつかせたんで、わたし、竦(すく)み上がってしまったんです」

留理江が震えを帯びた声で説明した。

「おれたちの周辺に、敵の内通者がいるのかもしれない。だから、久我は、きみの自宅がわかったんだろう」

「えっ、いったい誰が!?」

「まるっきり見当はつかないが、われわれの近くに敵がいると思う」

「それが事実だとしたら、怖い話だわ。それはそうと、なぜ田園調布にいたんです？」

「きみには話しにくいことなんだが……」

「なぜ、急に黙られてしまったんですか？」

「多摩川の河川敷(かせんしき)に行こう」

多門はボルボを走らせつづけた。久我のことを話す前に、スーザンの生首の件を語らなければならない。留理江がショックと悲しみを味わうことを考えると、すぐに言い出す勇気がなかったのである。

五、六分走ると、多摩川の土手道にぶつかった。土手のスロープを下り、ボルボXC40を河川敷に停めた。河原には誰もいなかった。対岸に幾人か釣人の姿が見える。

「いきなりショッキングな話をすることになるが、スーザン・ハワードさんは亡くなった」

多門は深呼吸してから、一息に喋った。

「えっ、嘘でしょ⁉」

「おれのマンションに彼女の生首が届けられたんだ。スーザンさんの首を切断させたのは、和服を着てた男だよ」

「いやーっ、やめて！」

留理江が両手で耳を塞ぎ、嗚咽を洩らしはじめた。泣き声は徐々に高くなり、悲鳴に近くなった。

多門は頭の中で、懸命に慰めの言葉を探した。しかし、適当な言葉が見つからなかった。

こういうときは、なまじ声なんかかけないほうがいい。

多門は自分に言い聞かせ、そっと車を降りた。ボルボから五、六メートル離れ、たてつづけにロングピースを三本喫(す)った。

留理江はハンカチを目に当て、泣きじゃくりつづけていた。多門は、さりげなく車の中に戻った。それから間もなく、留理江が泣き熄(や)んだ。

多門は、これまでの調査報告をした。

「スーザンの生首は、まだ多門さんのマンションにあるんですね？」

留理江が言った。

「ああ。しかし、きみは見ないほうがいい。あまりにも惨(むご)い姿だからな」

「でも、自分の目で確かめたいんです。あなたの部屋に連れてってください」

「やっぱり、見ないほうがいいよ。大変なショックを受けるだろうし、敵がおれの部屋を襲うかもしれないんだ。おれ自身のことはともかく、きみまで巻き添えにはできない。こんな結果になって、申し訳ないと思ってる」

「スーザンに会わせてください。お願いです」

「きみがそこまで言うんだったら、もう何も言わない」

多門はボルボを走らせはじめた。

代官山のマンションに着くまで、二人はどちらも口をきかなかった。多門はあたりに怪しい人影がないことを目で確かめてから、留理江を自分の部屋に導いた。迷いを捩伏(ねじふ)せ、発泡スチロールの箱の蓋をずらした。

友人の生首を目にした留理江はショックのあまり、気絶してしまった。多門はダイニングキッチンの床に倒れた留理江を抱き上げ、軽く頬をはたいてみた。だが、意識は取り戻さない。

多門は、いったん留理江を仰向けに寝かせた。気付けのブランデーを口に含み、ふたたび留理江を抱き起こす。

口移しでブランデーを少しずつ留理江に飲ませはじめた。

飲ませ終えたとき、留理江がむせた。むせながら、目を覚ました。すぐに留理江は身を強張(こわば)らせた。

「勘違いしないでくれ。おれは気付けのブランデーを飲ませてやっただけだ」

多門は言って、留理江から離れた。

「わたし、長いこと気を失ってたんですか？」

「ほんの数分だよ。しかし、頬っぺを軽く叩いても意識を取り戻さなかったんだ。それで少し心配になったもんだから、ブランデーを口移しで飲ませてやったんだよ」

「口移しで？」

留理江の顔に羞恥の色が拡がった。

「勝手なことをしたのかな。気持ちが悪いと思ったら、口をゆすいで来いよ。洗面所はあっちだ」

多門は手で示した。

「気持ちが悪いだなんて、そんな……」

「やっぱり、見せるべきじゃなかったな」

「ショックでしたが、これでスーザンの死が実感できました。一一〇番しても、かまいませんね？」

留理江が言いながら、ゆっくりと立ち上がった。

多門は少しうろたえた。叩かれれば、いくらでも埃の出る身だ。できることなら、警察とは関わりを持ちたくない。といって、一一〇番通報したがらなかったら、留理江が訝しく思うだろう。

「おれが一一〇番しよう」

多門は警察に通報した。

五分も経過しないうちに、警視庁機動捜査隊の捜査員たちが駆けつけた。数分遅れて、今度は本庁捜査一課と渋谷署の刑事たちが到着した。検視官や鑑識課の係員たちも訪れた。

生首の第一発見者である多門は、長いこと事情聴取された。むろん、居合わせた留理江との関係も訊かれた。

多門は留理江の友人のスーザン・ハワードの行方を追っていたことは話したが、久我善行については触れなかった。自分が久我の愛犬を引っさらったことはもちろん、留理江が二人組の男に拉致された理由についても見当がつかないと空とぼけつづけた。

留理江も多門を窮地に追い込むような証言はしなかった。多門は、密かに安堵した。

捜査員たちがスーザンの生首を抱えて引き揚げたのは、正午過ぎだった。

「多門さんに大変なご迷惑をかけてしまって、ごめんなさいね」

留理江が詫びた。

「そんなこと、気にするなって」

「事情聴取のとき、久我善行が一連の事件の首謀者だという言い方はしませんでしたけど、それとなく匂わせたんです。だから、きっと警察は久我という男を捕まえてくれると思います」

「久我のことを喋ってしまったのか。そういうことなら、捜査当局は久我をマークするだろうな。しかし、逮捕できるかどうか。久我の悪事を立証できる人間は次々に消されてしまったし、こっちも物的証拠を握ったわけじゃない。それに、奴が警察官僚どもと深く結びついてたら、おそらく逮捕は難しいだろう」

「それじゃ、スーザンの死は……」

「犬死にはさせない。スーザンは殺されてしまったが、おれは調査を続行する」

多門は言い切った。

「それは危険です。いくら調査のベテランでも、あなたは民間人なんです。後は警察に任せて、手を引いてください」

「おれは負けず嫌いなんだよ」

「悔しいお気持ちはわかりますけど、とても多門さんの手には負えません。お願いですから、どうか調査を打ち切ってください」

留理江が真剣な表情で哀願した。

多門は無言でうなずいた。だが、事件から手を引く気はなかった。

「本当に、そうしてくださいね」

「ああ。きみをマンションまで送ろう」

「タクシーを拾います」

「自宅まで送らせてくれ。きみは、恩のある友人を亡くしたんだ。そんなときは、心にぽっかりと空洞ができちまうもんだよ。だから、ひとりにはさせられないんだ」

「優しいのね」

留理江が言った。泣き腫らした目が痛々しい。

二人は部屋を出た。

多門はボルボの助手席に留理江を乗せ、マンションの駐車場を出た。そのとき、留理江が短い叫びをあげた。

「あっ」

「どうした？」

「マンションの右手の四つ角のとこに、高瀬さんが立ってたんです」

「まさか⁉」

「いいえ、間違いなく高瀬さんでした。この車を見て、急に高瀬さんは身を隠したんです」

「それは考えすぎだろう？　スーザンの彼氏がなぜ、このおれの行動を気にしなきゃならないんだ？」

「それについてはわかりませんけど、あれは絶対に高瀬さんでした」

「そう」

多門は口を閉じた。

高瀬はサムの溜まり場の『ブルース』の前をうろついていて、弾除けにされたことがあった。スーザンの安否が気がかりだったと言っていたが、それだけだったのか。張り込む必要が何かあるのだろうか。そうだとしたら、彼は敵の内通者なのかもしれない。いや、そんなことはないだろう。

多門は、疑惑を慌てて打ち消した。

笹塚のワンルームマンションに着いたのは、およそ三十分後だった。

「ご迷惑じゃなければ、弔い酒を一緒に飲んでいただけませんか。ひとりで飲むのは、なんだか辛くって」

留理江が誘いかけてきた。

「おれでよけりゃ、つき合うよ」

「ぜひ、おつき合いください」

「わかった」

多門は車を路上に駐め、留理江の部屋に入った。狭いが、室内は小ざっぱりと片づけられていた。

留理江が手早く酒の用意をする。二人はベッドの横のフローリングに坐り込んで、スコッチの水割りを傾けはじめた。会話は弾まなかった。

三杯目の水割りを飲み干すと、留理江はベッドに顔を伏せて啜り泣きを洩らしはじめた。故人のことを思い出し、また悲しみが込み上げてきたのだろう。

泣き声は、いっこうに熄まない。震える肩が痛ましかった。

多門は立ち上がって、留理江の肩を両腕で包み込んだ。

「涙が涸れるまで泣くといいよ」

「多門さん……」

留理江が向き直って、縋りついてきた。

多門は留理江を強く抱きしめた。抱き合っているうちに、頬が触れ合った。

二人はどちらからともなく唇を求め合った。

多門は舌を吸いつけた。留理江は拒まなかった。それどころか、貪婪に多門の舌を吸い返してきた。何かに夢中になることで、一時でも悲しみから逃れたいのかもしれない。

多門は留理江をベッドの上に抱え上げ、改めて唇を重ねた。そうしながら、薄紙を剝ぐような気持ちで留理江の衣服を一枚ずつ脱がせていった。

パンティーに手をかけると、留理江がためらいを見せた。

「無理をすることはないんだ。少しでも迷いがあるんだったら、おれを拒んだほうがいい」

「大丈夫です。あなたとなら、きっと……」

「試してみるかい？」

多門は問いかけた。

留理江が返事の代わりに、自分の手でブラジャーとパンティーを取り除いた。多門はソフトに留理江の裸身を愛撫しつづけた。

体の芯は、いつしか熱く潤んでいた。多門は手早く裸になり、穏やかに体を重ねた。昂まりを埋めかけたとき、留理江の裸身はわずかに硬くなった。しかし秘めやかな肉を優しく慈しみつづけると、体から強張りが消えた。

多門は静かに奥に分け入った。

留理江が甘やかに呻いて、背を反らした。

「わたし、また男性を迎え入れられるようになったのね」

「もう大丈夫だよ」

「あなたのおかげです」

「いや、きみ自身の力さ」

多門は全身で留理江を抱きしめ、腰をリズミカルに動かしはじめた。濡れた音が刺激的だった。

「スーザン、ごめんね」

留理江が火照(ほて)った腿を控え目に絡めてきた。

多門は律動を速めはじめた。

3

弔問客(ちょうもんきゃく)は引きも切らない。

盛大な葬儀だ。故人は右翼の超大物だった。

兵庫県芦屋(あしや)市の邸宅街にある故人宅は、大勢の列席者に取り巻かれていた。交通整理をしているのは警察官ばかりではなかった。最大組織の組員たちも手伝っている。

多門は告別式の様子を眺めていた。

参列者の中には、久我善行も混じっている。三十分ほど前に故人宅に入ったきり、一度も表には出てこない。

午前十一時過ぎだ。久我は二人のボディーガードを従えて朝早く新幹線に乗り込み、芦屋にやってきたのである。

久我が右翼の超大物の葬儀に出席することを昨夜電話で教えてくれたのは、相棒の杉浦だった。杉浦は旧知の公安刑事から、その情報を引き出したらしい。

多門は久我たちと同じ新幹線に乗り込み、芦屋に来た。きょうこそ、久我を締め上げたいと考えていた。

留理江と肌を合わせたのは五日前だった。

多門はその夜から、久我をマークしはじめた。しかし、ガードが固く、接近するチャンスはなかった。それどころか、敵の魔手が次々に迫ってきた。闇から銃弾が飛んできたり、車に爆発物を仕掛けられそうになった。それでも多門は屈しなかった。

きのうの午後二時過ぎ、久我は市谷加賀町にある『報国青雲会』の本部事務所に出かけた。古びた五階建てのビルだが、防犯カメラだらけだった。多門は本部事務所に近づくことさえできなかった。

久我は午後八時ごろまで本部事務所で過ごし、ボディーガードの運転する黒塗りのセンチュリーで田園調布の自宅に戻った。その後は、一歩も外に出なかった。

なんの脈絡もなく多門の脳裏に留理江の裸身が蘇った。

慌ただしい交わりだったが、留理江は極みに達した。呆気なく昇りつめたことに、彼女はひどく驚いていた。恥じらいもした。

多門は、留理江を沸点まで昂められたことを素直に喜んだ。

彼女がエクスタシーを味わえたからといって、留学時代の心的外傷が消えたと判断するのは早計だろう。しかし、少なくとも精神的な後遺症を癒せる可能性はあるわけだ。

多門は、自分のことのように嬉しかった。濃密な時間を共有したことで、彼の気持ちは一段と留理江に傾いていた。できることなら、彼女と愛を紡ぎつづけたい気持ちだ。

霊柩車を先頭に、三十台を超える乗用車やマイクロバスが低速で多門のかたわらを走り抜けていった。出棺の時刻が近いようだ。

故人は八十七歳で、この世を去った。男としては長寿だが、沿道を埋める会葬者たちの多くは涙ぐんでいた。故人は、俠気のある人物だったのだろう。

十分ほど経ったころ、宏大な邸宅から柩が運び出されてきた。遺族らしい男たちと一緒に大臣経験のある保守系政治家や有名な演歌歌手が柩を支えていた。

柩が霊柩車に納められたとき、羽織袴姿の久我が姿を見せた。

久我は葬儀委員らしい男に導かれ、後方の大型乗用車に乗り込んだ。二人のボディーガードは現われない。故人宅で遺骨が戻ってくるのを待つ気なのだろうか。

多門は沿道から少し逸れた脇道に歩を進めた。

オフホワイトのプリウスに乗り込む。芦屋駅の近くで借りたレンタカーだった。

やがて、火葬場に向かう車の列が流れはじめた。多門はプリウスを発進させた。

火葬場までは、車で数十分だった。

多門はレンタカーを広い駐車場に駐め、すぐに車を降りた。腰の後ろには、消音器付きのブローニング・ハイパワーを帯びていた。

目で久我の姿を探す。

久我は火葬炉の前のホールの人垣の中にいた。いまは、近づけない。右翼の超大物だった故人の柩が火葬炉の中に消えた。

あちこちで泣き声があがった。

葬儀社のスタッフたちに案内され、大勢の会葬者たちが二階の控えの間に次々に入っていく。久我はエスカレーターで二階に上がると、手洗いに足を向けた。

ようやく久我を押さえるチャンスが巡(めぐ)ってきた。

多門は二階のトイレに急いだ。だが、男性用トイレの中には大勢の人がいた。多門は階段を駆け降り、レンタカーの中に戻った。

骨揚(あ)げの時刻まで一時間は要するだろう。

多門はプリウスのエンジンをかけ、火葬場の駐車場を出た。出入口の見える場所にレンタカーを停め、シートをいっぱいに倒した。

多門は上体を凭せかけ、軽く目を閉じた。

二十四人の白人男女は、どこに監禁されているのか。おおかた久我所有の建物の中にでも閉じ込められているのだろう。

それでは足がつく。誰か知人の別荘に監禁しているのだろうか。それとも、二十四人はもう殺されてしまったのかもしれない。

多門は禍々しい予感を覚えた。

久我が尾藤のようにデスマッチや獣姦ショーで小遣いを稼ぐ気になるとは思えない。白人たちを拉致させたのは、真綿で首を絞めるように彼らをじわじわと殺すためだったのではないか。

そうなら、もう二十四人は残忍な方法で葬られてしまったのかもしれない。そう推測すると、虚しさが胸に拡がった。しかし、結果はどうあれ、凶悪な事件から目を逸らすわけにはいかない。始末屋としての意地がある。

まどろみかけたとき、スマートフォンが鳴った。多門は上体を起こして、スマートフォンを口許に近づけた。

「おれだよ。久我はもう押さえたのか?」

杉浦だった。

「まだなんだ。周りにいつも誰かいるんで、なかなか近づけないんだよ。いまは、火葬場の横で待機中なんだ」

「クマ、昼間は無理だろう。久我が東京に戻るときに新幹線のホームで奴にサイレンサー付きの拳銃を突きつけるんだな」

「そういうことになるかもしれないね。ところで、杉さん、新情報でも？」

「ああ、ちょっとな。いま少し前に例の公安刑事と別れたとこなんだ」

「久我の交友関係を探ってくれたんだ？」

「そういうことだ。久我は今年の春先から、大手予備校『明進ゼミナール』の経営者とちょくちょく会ってるそうだぜ」

「どういう人物なの？」

「矢代義貴という名で、五十五歳だ。矢代は『敷島の道同人会』って短歌結社の主宰者でもあるらしい」

「敷島っていうと、確か大和国の古称だよね？」

「クマ、意外に古いことを知ってるじゃねえか。敷島ってのは、つまり日本国のことだ。ついでに、教えといてやらあ。敷島の道ってのは、古来、日本人の心情表現として重んじられてきた和歌のことさ。広義では、和歌の応答に関するマナーまで含まれる」

「そうなのか。いい勉強になったよ。久我も、その短歌結社のメンバーなの？」

多門は訊いた。

「いや、久我は同人じゃない。雅な集まりなんだが、同人の顔ぶれがちょいと気になってな。倅が麻薬中毒者になって何度も逮捕られたんで、やむなく政界を退いたベテランの国会議員。孫娘を不法滞在のイラン人の男に凌辱されて、自殺未遂事件を起こした財界の大物。民族教育の必要性を強く主張してる右寄りの歴史学者、それから外国人の排斥を声高に叫んでる元警視総監も同人なんだよ。博徒の大親分や現職の警察官僚も幾人かいる。クマ、なんか臭わねえか？」

「単なる短歌のお勉強会じゃなさそうだな」

「おれも、そう睨んだんだ。主宰者の矢代のひとり娘葉月が一年半前、アメリカに留学中に変質者めいた白人の若い男にしつこくつきまとわれた揚句、刺殺されてるんだよ。死んだ葉月は二十四になったばかりだったらしい」

「矢代って野郎だけじゃなく、外国人に私怨を抱いてる同人が多いな」

「ああ。個人的な恨みは持ってなくても、ほかの同人も典型的な国粋主義者が目立つ。連中は、日本でのさばってる外国人の存在を苦々しく思ってるはずだ。法務省の公式発表だと、不法滞在者は六万七千人近い」

「それは入管や警察に摘発された人数なんだろ？」

「ああ。実際には、五、六十万人の不法滞在者がいると言われてる。密入国者の数も摑めてない。不良外国人によって、各種の麻薬や銃器が日本に持ち込まれ、治安が悪くなった。一部の日本人娘たちは連中にいいように遊ばれて、金まで貢がされてる。ドラッグで青春を台無しにされた奴らも多いはずだ」

杉浦が言った。

「そういう例は、おれも実際に見てるよ」

「これ以上、不良外国人が増えたら、日本もアメリカ並の犯罪大国になっちまう。若い世代の精神も荒廃するだろうよ」

「そこで、矢代たち外国人の排斥を望んでる連中が短歌結社を隠れ蓑にして寄り集って、異分子狩りを共謀した疑いがあるってわけだ」

「ああ。結社の同人たちはそれぞれ各界の成功者だから、自分らの名誉は失いたくないと考えてるんだろう。それで、『報国青雲会』の久我を焚きつけて、東門会の尾藤やサムたちに外国人狩りをやらせたんじゃねえのか？」

「そういうストーリーは成り立ちそうだな。久我をなんとか押さえて、口を割らせてみるよ」

多門は先に電話を切って、煙草に火を点けた。

杉浦がもたらしてくれた情報は、一連の事件の謎を解く鍵になった。久我は、矢代という大手予備校経営者が主宰する『敷島の道同人会』の面々に操られていただけなのかもしれない。

スーザンの恋人だった高瀬由秀が敵側の人間だとは考えられないだろうか。高瀬は、多門の自宅を張っていた気配がある。サムの溜まり場に現われたのも、不自然といえば、不自然だ。仮に高瀬が内通者だとしたら、何か個人的な復讐心を胸に秘めているにちがいない。単に白人嫌いなら、わざわざ時間をかけてスーザンには接近しないだろう。知り合った日に相手に危害を加えるはずだ。

報復の牙は、スーザン個人に向けられたのではないか。しかし、高瀬は自分の手ではスーザンを葬れなかった。で、『敷島の道同人会』の誰かにスーザンを拉致して始末してくれと頼んだのではないか。推測というよりは、ただの勘だった。高瀬に対する疑惑は、なかなか胸から消えなかった。

多門は一服し終えると、またシートに凭（もた）れかかった。

久我たち一行の車が火葬場から列をなして走り出てきたのは午後二時過ぎだった。

多門は、また一行の車を追尾しはじめた。

遺骨は故人の家にまっすぐ戻り、会葬者たちの大多数は邸宅内に吸い込まれていった。

久我もその中に混じっていた。供養の酒と料理を供されるのだろう。

多門はレンタカーを故人の家の近くに停め、また張り込みをはじめた。

黒塗りのハイヤーに乗った久我が故人の邸宅から出てきたのは、午後六時ごろだった。

センチュリーだ。両脇には、ボディーガードが坐っている。

多門はハイヤーを尾けはじめた。

センチュリーは芦屋川に沿って走り、ほどなく芦屋駅の前に出た。右折し、灘方面に向かった。

多門は慎重に尾行しつづけた。

ハイヤーは三宮まで走り、『夕月亭』という料亭の前で停まった。久我は二人の用心棒を従えて、『夕月亭』の中に入っていった。

ここで、改めて精進落としをする気なのだろう。

多門はレンタカーを『夕月亭』の黒塀の際に停め、ライトを消した。

一時間ほど経ったころ、二人のボディーガードが料亭から歩いて出てきた。

ほろ酔いの二人は何か愉しげに話しながら、阪急三宮駅の方に歩み去った。久我から小遣いを貰い、クラブにでも飲みに行くのだろう。

『夕月亭』に一台の無線タクシーが横づけされたのは、午後十時半ごろだった。

少し待つと、両腕に若い女を抱えた久我が現われた。二人の女は洋装だった。芸者ではなく、お座敷コンパニオンだろう。

どちらも二十二、三歳だった。スカートの丈(たけ)は極端に短い。いわゆるマイクロミニだ。

久我たち三人は、タクシーの後部座席に乗り込んだ。少々、窮屈(きゅうくつ)そうだった。

料亭の女将(おかみ)が見送りに現われ、深々と頭を下げた。タクシーが走りだした。

多門は尾行を開始した。

タクシーはフラワーロードを走り、神戸税関のそばにある高層ホテルの前で停まった。

久我は二人の若い女の腰を抱えながら、ホテルのロビーに入っていった。

二人の女と3Pを娯(たの)しむ気なのか。

多門はホテルの隣のオフィスビルの前にプリウスを停めた。すぐに車を降り、ホテルのロビーに駆け込む。

久我たち三人は、エレベーターホールに立っていた。

多門はホールの近くまで進み、洒落(しゃれ)た円柱の陰に身を潜(ひそ)めた。

久我たち三人がエレベーターに乗り込んだ。函(ケージ)の扉が閉まると、多門はエレベーター乗り場に急いだ。

階数表示のランプの動きを目で追う。ランプは十階で停止した。久我たち三人は、十階で降りたのだろう。

エレベーターは三基あった。

多門はすぐに十階に上がった。廊下に人の姿はない。エレベーターホールには防犯カメラが設置されていたが、廊下には取り付けられていない。

多門は各室のドアに耳を押し当てた。

シティホテルのドアは意外に薄い。廊下にまで、女のよがり声が響いてくることもある。

久我たちのいる部屋は、造作なくわかった。神戸港側の角部屋だった。

多門は特殊万能鍵を持っていた。だが、すぐにはロックを解かなかった。久我たち三人が無防備な姿になってから、部屋に押し入るつもりだ。

廊下を二往復してから、多門は上着の内ポケットを探った。

抓み出したのは、耳搔き棒ほどの長さの特殊万能鍵だ。薄っぺらな金属板で、三カ所にコの字形の切れ込みがある。

多門は廊下に人の姿がないことを確認してから、鍵穴に特殊万能鍵を差し込んだ。

すぐに金属と金属が嚙み合った。軽く手首を捻ると、内錠が外れた。多門はノブを静かに回し、室内に忍び込んだ。スイートルームだった。

控えの間に外国製らしいソファセットが置かれ、右手が寝室になっている。部屋の中は明るかった。

多門は消音器付きの自動拳銃を腰から引き抜き、忍び足で寝室に近づいた。

久我は巨大なベッドに大の字になっていた。女のひとりは久我の股の間にうずくまって、ペニスをくわえていた。もうひとりの女は久我の胸に斜めにのしかかり、唇をついばんでいる。

よく見ると、久我はキスをしている相手の乳房とヒップを揉んでいた。三人とも全裸だった。多門はサイドテーブルの上のナイトスタンドを撃ち砕いた。ベッドの三人が奇声を発し、相前後して跳ね起きる。

「き、きさまは⁉」

久我が驚きの声を洩らし、くちづけを交わした女を抜け目なく楯(たて)にした。

「その彼女を放してやれ」

多門はブローニング・ハイパワーを構えながら、ヘッドボードの方に回り込んだ。久我が女を解き放った。

「おたく、誰やの？」

さきほどフェラチオをしていた女が、おずおずと問いかけてきた。

「ただの風来坊さ。きみらに危害は加えない」

「ほんまに？」

「今夜のギャラは、もう貰ったのか？」

「貰たわ、七万円ずつ」

「なら、きみらは消えてくれないか。ただし、この部屋で起こったことを誰かに喋ったときは……」

多門は二人の女を交互に見た。久我に乳房と尻をまさぐられていた女が早口で言った。

「うちら、あんたのことは誰にも言いへん」

「いい心掛けだ。服を着終えたら、部屋を出ていってくれ」

多門は言って、サイレンサーの先端を久我のこめかみに押し当てた。久我が体を竦ませた。

二人の女が自分の服やランジェリーを抱え、控えの間に移った。

「番犬どもがいねえと、心細いだろうが」

「東京から、ずっと尾けてきたんだなっ」

「そういうことだ」

「わたしをどうする気なんだ？」

「そいつは、てめえの出方次第だな」

「いくらで手を打つ？　白人女たちを抱かせてやってもいい」

久我が取引を持ちかけてきた。

多門は銃把の角で久我の耳の真上を力まかせに撲った。そこは急所だった。

久我が呻いて、フラットシーツの上に倒れた。頭皮が裂け、鮮血が噴きはじめた。

二人の女があたふたと部屋から出ていった。

ドアが閉まると、多門は久我の右腿に九ミリ弾を撃ち込んだ。久我が歯を剥いて、野太く唸った。シーツには、真紅の血が点々と散っている。

「二十四人の白人は、どこにいる？」

「それは言えん」

「誰を庇ってるんだ？」

「わたしが誰かを庇ってるだと!?　ううっ、痛い！」

「てめえは東門会の尾藤に六本木の白人たちを狩らせ、大久保や新宿の不法残留者たちも爆死させた。それから、アメリカ人バイヤーやイギリス人モデルも始末させた」

「なんでもわたしのせいにするな。わたしが尾藤にやらせたのは、六本木の白人狩りと大久保や新宿の不法滞在者の始末だけだ。アメリカ人バイヤーやイギリス人のモデルは殺(や)らせてないっ」

「その二人は、『敷島の道同人会』を主宰してる矢代が誰かに命じて殺(や)らせたのかっ」

多門は引き金の遊びを引き絞った。

久我が狼狽し、言葉を詰まらせた。多門は左目を眇(すが)めた。パニックに陥った久我が急にナイトテーブルの上の灰皿を掴み上げ、嵌(は)め殺(ごろ)しのガラス窓に投げつけた。部屋で起こっている異変を誰かに伝えたかったのかもしれない。ガラスに小さな穴があき無数の亀裂が走った。

数秒後、その小さな穴を突き破って無人小型飛行機(ドローン)が飛び込んできた。

多門は本能的に危険を察知して、控えの間に逃げた。

後ろで爆発音が轟き、オレンジ色の閃光が走った。多門は爆風で、ソファセットの後ろまで噴き飛ばされた。

幸運にも、軽い火傷(やけど)も負わなかった。寝室は炎と煙で塞(ふさ)がれていた。ドローンには、軍事炸薬が搭載されていたにちがいない。

ベッドの久我は声ひとつあげなかったが、すでに爆死したのだろう。こんな形で久我が口を封じられたのは、一連の事件の真の黒幕でなかったことを如実に物語っている。

矢代を徹底的にマークしてみよう。

多門は起き上がって、スイートルームを飛び出した。

4

部屋の空気が澱（よど）んでいた。

多門はダイニングテーブルから離れた。少し前に神戸から戻ったばかりだった。前夜は元町（もとまち）のシティホテルに泊まり、午前十一時過ぎの新幹線で東京に戻ってきたのである。

いまは三時過ぎだった。

多門はベランダ側のサッシ戸を開けた。

そのとき、向かいの雑居ビルの屋上から白っぽい物が舞い上がった。ドローンだった。

ドローンはほぼ垂直に上昇し、ほどなく水平飛行に移った。操縦者（パイロット）の姿は見当たらない。屋上の死角に潜（ひそ）んでいるのだろうか。それとも、ドローンはプログラミングされていて、パイロットは近くにはいないのか。

ドローンが多門の部屋をめざして飛来してくる。

敵は久我と同じように、こちらも爆死させる気なのだろう。

多門は、さすがに恐怖を覚えた。

もう部屋の外に逃げ出す余裕はない。多門は消音器付きの自動拳銃を腰から引き抜き、二度引き金(トリガー)を絞った。一弾目は、わずかに的(まと)から逸(そ)れてしまった。

だが、二弾目がドローンに命中した。

ほとんど同時に、爆発音が響いた。火の玉と化したドローンは四方に弾(はじ)け、無数のプラスチック片が地上に落下する。

多門は、たなびく硝煙を搔(か)き散らした。

銃声は轟かなかったが、誰かに拡散する硝煙を見られたら、発砲場所がわかってしまう。

多門はサッシ戸を閉め、カーテンを滑らせた。ブローニング・ハイパワーを腰に戻し、部屋から走り出た。

エレベーターでマンションの一階まで下(くだ)り、向かいの雑居ビルに駆け込んだ。

玄関のあたりには、十人近い男女が集まっていた。さきほどの爆発音を聞き、表の様子をうかがっているのだろう。

多門は野次馬を搔き分け、エレベーター乗り場に急いだ。雑居ビルは八階建てだった。

エレベーターは八階までしか昇らない。

多門は八階から階段を駆け上がって、屋上に躍り出た。

給水タンクの向こうに、灰色のスポーツキャップを被った男の姿が見えた。三十二、三歳で、筋肉が発達している。

男は隣のビルの給水タンクに引っ掛けた錨（いかり）の形をしたグラップリングフックの縄を両手で手繰（たぐ）っている最中だった。綿ブルゾンのチャックの間から、コントローラーが覗いている。

多門は足音を殺しながら、男の背後に忍び寄った。男が張り渡したラペリングロープの端を雑居ビルの手摺（てすり）に括（くく）りつけた。隣のビルの屋上に移り、そこから逃走する気らしい。

「おい、てめえが久我を爆死させたんだなっ」

多門は声をかけた。

スポーツキャップを被った男が振り向き、ぎょっとした顔になった。多門は消音器付きの自動拳銃を引き抜き、ゆっくりと男に近づいていった。

三、四メートル進んだとき、急に男が手摺を跨（また）いだ。すぐにラペリングロープに取りつき、両脚を縄に絡ませた。背中が下だ。

オーストラリアン・クロールで、隣のビルに渡る気らしい。これは両脚を交互にロープに巻きつけながら、両手を掻くようにして少しずつ前進していく方法だ。

男は、まだ保全具のDリングを腰に装着していなかった。Dリングをラペリングロープに嚙ませていれば、たとえ手足を滑らせても地上に叩きつけられることはない。

しかし、Dリングを装着していなければ、そのまま地上まで落下することになる。

多門は手摺に達すると、ブローニング・ハイパワーをベルトに挟んだ。ロープに両手を掛け、揺さぶりはじめた。

「やめろ。ロープを揺さぶるな！」

男が叫んで、ラペリングロープに全身でしがみついた。帽子が脱げ落ちた。多門は、さらに強くロープを揺すった。

「久我を殺ったのは、てめえだなっ」

「…………」

「世話を焼かせると、撃ち落とすぞ」

「撃つな、撃たないでくれーっ。久我を爆死させたのは、このおれだよ。元警視総監の田所　政吾先生に命じられたんだ」

男は拍子抜けするほど呆気なく口を割った。死の恐怖には克てなかったのだろう。

「田所は『敷島の道同人会』のメンバーなんだな？」

「ああ、そうだよ」

「てめえは何者なんだ？」

「この春まで、警視庁の『ＳＡＴ』の隊員だったんだが、いまは田所先生の私設秘書をやってる。先生に誘われて、おれも『敷島の道同人会』に入れてもらったんだ」

「『ＳＡＴ』の隊員だったとは驚きだな」

多門は呻くように言った。

特殊急襲部隊と訳されている『ＳＡＴ』は、ハイジャックやテロ事件の際に、犯人制圧や人質の救出に当たっている。警視庁、大阪府警、北海道警、千葉、神奈川、愛知、兵庫、福岡各県警に配置され、計十チームある。

警視庁に三チームあり、ほかの道府県警には一チームずつしかない。各隊は二十名で構成されている。メンバーは、いずれも既存の特殊チームから選ばれた者ばかりだ。柔道、剣道、空手、少林寺拳法などの高段者揃いである。もちろん、全員が射撃術は上級だ。危険を伴う任務のため、隊員は独身者に限られている。

「おれは敷島再生のため、自分の人生を棄てたんだ。日本人は、外国人どもの悪影響で自堕落な人間に成り下がろうとしている。実に嘆かわしいことだ。われわれが外国人を排斥しなければ、いまに大半の日本人が下劣な国民になってしまうだろう。そうなったら、この国は滅びることになる。それだけは、どうしても避けたかったんだ」

「だから、外国人狩りをやったってわけか。ずいぶん独善的な話だな」

「おれは、いや、『敷島の道同人会』のメンバー百八十三人は誰もが命懸けで、わが日本を救いたいと思ってるんだ」

「そうか。ところで、てめえの名は？」

「嶋孝だ」

「仲間に、警察関係者は何人いる？」

「十一人だ。そのうちの四人は、警視庁の有資格者だよ。ほかに公安調査庁、内閣調査室、陸上自衛隊情報本部の現職職員が数人ずつメンバーに入ってる」

「短歌結社を装ったテロ集団の真のボスは、元警視総監の田所なんだな？」

「おい、口を慎め。われわれは、真っ当な人間ばかりだぞ」

嶋が息巻いた。多門は左目を眇め、ラペリンググロープを大きく揺さぶった。嶋が悲鳴をあげた。また、死の恐怖に取り憑かれたようだ。

「質問に答えな」

「そういうことになるが、対外的にはあくまで……」

「『明進ゼミナール』を経営してる矢代が表向きのボスってことになってるわけか？」

「そうだよ。矢代さんは、ひとり娘の葉月さんをアメリカ人に殺されて以来、外国人嫌いになったんだ」

「メンバーの中に、高瀬由秀という男がいるんじゃねえのか？」

「高瀬君はメンバーじゃない。しかし、彼は葉月さんの婚約者だったんだ」

「そうだったのか。それで、謎が解けたぜ。高瀬も外国人狩りを手伝ってたんだなっ」

「彼は六本木の『ブルース』に毒ガス入りの風船を仕掛けただけさ」

「アメリカ人バイヤーとイギリス人の男性モデルを始末したのは、誰なんだっ」

「その二人は、おれが片づけた」

「尾藤を殺ったのは？」

「久我のとこの若い者が始末したんだ」

「二十四人の白人男女は、いま、どこにいるんだっ」

多門は、またロープを大きく揺さぶりはじめた。数秒後、嶋が悲鳴とともにビルとビルの谷間に吸い込まれていった。地上で、鈍い落下音がした。

運の悪い男だ。

多門は手摺から離れ、階段の降り口に足を向けた。

いったん自宅マンションに戻り、戸締りをした。エレベーターで地下駐車場に降りると、コンクリートの支柱から黒い影が飛び出してきた。

高瀬だった。ゴルフのアイアンクラブを手にしていた。

「おれを殺りに来たんだな？」

多門は不敵に笑った。

「ああ、そうだ。気の毒だが、あんたには死んでもらう。嶋が墜落する前に、わたしと葉月との関係や彼女の父親のことも吐いてしまったからな。わたしは、嶋のポケットの中にこっそり盗聴マイクを忍ばせておいたんだ。あんたに追いつめられる前に、わたしがあんたを……」

「ゴルフクラブを捨てな。そんな物じゃ、このおれは殺れねえよ」

「殺ってやる！」

高瀬がアイアンクラブを振り翳した。

多門は前に大きく踏み込んだ。クラブが振り下ろされた。多門は左腕でゴルフクラブを払い、高瀬の顎をアッパーカットで掬い上げた。

高瀬が大きくのけ反って、仰向けに引っくり返った。

アイアンクラブがコンクリートの走路に落ちた。多門は足でゴルフクラブを駐車中の他人の車の下に蹴り込み、ベルトの下から消音器付き拳銃を引き抜いた。

ブローニング・ハイパワーを見て、高瀬が逃げる素振りを見せた。多門は高瀬の上着の後ろ襟を八つ手の葉のような手でむんずと摑み、強く引き起こした。

「撃たないでくれ。殺さないでくれーっ」

高瀬がいまにも泣き出しそうな顔で命乞いした。

多門は拳銃で威嚇し、高瀬をボルボの後部座席に坐らせた。すぐに彼自身も高瀬の横に腰かけた。

「殺さないと約束してくれたら、知ってることは何もかも話すよ」

高瀬が言った。多門は焦茶のジャケットの左ポケットに手を滑らせ、ＩＣレコーダーの録音スイッチを入れた。

「おまえは、なぜサムの仲間にスーザン・ハワードを拉致させたんだ？　まず、そいつから話してもらおうか」

「わたしと婚約してた矢代葉月はアメリカ留学中に、スーザンの実弟のトーマス・ハワードに殺されたんだ」

「ほんとなのか⁉」

「もちろん、事実さ。トーマス・ハワードは精神のバランスが崩れてて、葉月のことを自分の妻だと思い込んでたんだよ。しかも、彼女が自分の外出中にこっそり引っ越したと信じて疑わなかった。トーマスはストーカーのように葉月につきまとい、自分とよりを戻せと迫ったんだ。当然のことながら、葉月はまともに取り合わなかった。彼女のそんな態度に腹を立てたトーマスは逆上して……」

「矢代葉月を殺っちまったのか」

「そうだよ。殺人を犯しながらも、刑事責任のないトーマス・ハワードは法的な裁きを受けなかった。精神科の病院に強制入院はさせられたけどね。わたしは、その理不尽さに猛烈に腹が立ったんだ」

　高瀬の声は怒りに震えていた。

「やり場のない憤りを持て余したそっちは、なんとか仕返しをしたいと思うようになった。そして、トーマスの姉貴のスーザンに巧みに接近した。そうだな？」

「その通りだよ。わたしはスーザンの恋人を演じながら、彼女を殺害するチャンスをうかがってたんだ。しかし、スーザンを殺すことはできなかった。彼女は、わたしを信頼しきってたんでね。わたし自身もスーザンに対して、憎しみ以外の感情を抱くようになってたんだ。といっても、恋愛感情とは少し違うんだがね。性を超えた人間愛というのか……」

「そっちは、そのことを葉月の父親の矢代に打ち明けた。民族浄化計画を練ってた矢代は、おまえの代わりにスーザンを始末することを引き受けてくれた。そうなんだろ?」

多門は確かめた。

「そ、そうだよ」

「スーザンの首を切断したのは、矢代自身なのか?」

「ああ、そうだ。葉月の親父さんがエンジンチェーンソーで軽井沢の別荘でスーザンの首を切断したんだ。まさかあんな残忍な殺し方をするとは想像もしてなかったよ。しかし、葉月の親父さんの怒りを思うと、わたしは何も言えなかったんだ。それから、理不尽な殺され方をした葉月の無念さを考えると……」

高瀬が泣き崩れた。多門は少し待ってから、小声で問いかけた。

「傷つけたのは首だけだったのか?」

「手脚も切断して、飼っているピラニアに喰わせてしまったんだ。わたしは、そこまでやることはないと思ったんだがね」

「ひでえことをしやがる。残りの二十四人は、矢代の軽井沢の別荘にいるのか?」

「いや、もう誰も生き残っちゃいない。『敷島の道同人会』のメンバーたちが二十四人を嬲り殺しにして、大型のミートチョッパーの中に次々に切断したパーツを……」

「てめえらはまともじゃねぇ。いま、矢代は四谷の『明進ゼミナール』の本部にいるのか？」

「いや、きょうは成城の自宅にいるはずだよ」

「それじゃ、これから矢代邸に案内してもらおうか。そっちがこの車を運転しろ。逃げたら、身の破滅だぞ」

「身の破滅？」

高瀬が問い返してきた。

多門は上着の左ポケットからICレコーダーを取り出し、停止ボタンを押した。

「わたしたちの会話を録音してたのか⁉」

「そうだ。逃げたら、ICレコーダーを警察に持ってくぜ。てめえは、サムたち十三人を毒ガスで殺してる。当然、死刑になるだろうな」

「逃げない、逃げないよ。あんたをちゃんと葉月の親父さんの家に案内する」

高瀬がそう言い、進んで運転席に移った。

多門は助手席に坐り、サイレンサーを高瀬の脇腹に突きつけた。高瀬がボルボを走らせはじめた。

二十数分で、成城に着いた。

矢代邸は成城六丁目にあった。洋風の邸宅だった。敷地も広い。二百五、六十坪はあるだろう。内庭には、西洋芝が植えられている。

多門は、高瀬にインターフォンを鳴らさせた。応答したのは矢代の妻のようだった。レリーフの施された青銅の門扉が自動的に開けられた。

高瀬が先に邸内に入った。多門はつづいた。石畳のアプローチを進み、ポーチの石段を上がる。重厚な玄関ドアが開けられ、五十年配の上品な女性が現われた。

矢代の妻だった。高瀬は矢代夫人に、多門のことを『敷島の道同人会』の新メンバーだと紹介した。矢代の妻は少しも怪しまなかった。

多門たち二人は、玄関ホールに面した広い応接間に通された。

飾り棚の中央には、巨大な水槽が嵌め込まれていた。石首魚に似た魚が二十数尾、ゆったりと泳ぎ回っている。

「ピラニアです。わたくしは厭なんですけど、主人が好きで飼ってるんですよ。うっかり水槽の中にお手を入れませんように。指を嚙み千切られますのでね」

矢代夫人がそう言い、いったん応接間から出ていった。

多門は高瀬と並んでソファに腰かけた。少し経つと、矢代の妻が二人分のコーヒーを運んできた。彼女は、ほどなく退がった。

入れ代わりに矢代が応接間に入ってきた。軽装だった。中肉中背で、縁なしの眼鏡をかけている。

「高瀬君、お連れの方は？」

「事件のことを嗅ぎ回ってた……」

「多門か⁉」

矢代の声が裏返った。多門はサイレンサーの先端を矢代に向け、低い声で命じた。

「おれの正面に坐れ。『ＳＡＴ』の元隊員の嶋と高瀬が何もかも吐いた」

「なんだって⁉」

「録音音声を聴くかい？」

「なんてことなんだ」

矢代が力なく呟き、多門の前のソファに崩れるように坐り込んだ。多門はＩＣレコーダーの再生スイッチを押した。

音声が流れはじめると、矢代はみるみる蒼ざめた。やがて、音声が途切れた。

「嶋の告白も聴くか？」

多門は、はったりを口にした。実際には、嶋との遣り取りは録音していなかった。

「いや、もう結構だ。きみ、『敷島の道同人会』に入ってくれないか」

「おれに外国人狩りの手伝いをさせる気か。ふざけるなっ」

「そうじゃない、そうじゃないよ。きみは何もしなくていいんだ。要するに、われわれ側の人間になってもらいたいのさ。支度金として、一億円の小切手を差し上げる。どうだろう？」

矢代が探るような眼差しを向けてきた。

ここは味方になる振りをしたほうが得策だろう。多門は即座に判断した。

「どうかね？」

「一億円は魅力だな。ほんとにおれは何も危いことはしなくてもいいのか？」

「もちろんさ。きみのような男がいてくれるだけで、われわれは心強いからね」

「いいだろう。取引に乗ろうじゃねえか」

「ありがたい。それじゃ、すぐに一億円の預金小切手を用意する。ほんの二、三分待っててくれないか」

矢代が安堵した顔で言い、慌ただしく応接間から出ていった。多門は高瀬に銃口を向け、煙草に火を点けた。

喫い終えた直後に、矢代が応接間に戻ってきた。多門は差し出された小切手を受け取った。額面は確かに一億円で、矢代の実印が捺してあった。

「きみが持ってるＩＣレコーダーの音声を渡してほしいんだ」

「そいつはできねえな。ＩＣレコーダーの音声は、一種の保険なんでね。しかし、あんたが妙な気を起こさなきゃ、メモリーを警察に持ってくような真似はしねえよ」

「約束してもらえるね？」

「ああ、安心しな」

「それなら、無理にＩＣレコーダーのメモリーを寄越せとは言わんよ。きみが仲間になってくれたんだ。三人で祝杯をあげようじゃないか」

矢代が多門に言い、高瀬に顔を向けた。

「食堂に家内がいると思うから、ドンペリを抜くよう言ってくれないか」

「わかりました」

「シャンパンは、きみが運んでくれないか。いいね、高瀬君」

「は、はい」

高瀬の横顔に狼狽と緊張の色が走った。

矢代は何か企んでいる。多門は、そう直感した。しかし、何も言わなかった。

高瀬がソファから立ち上がり、応接間から出ていった。

「ビッグボスの元警視総監に会ってみてえな」

「いつでも紹介するよ。われわれは、もう仲間なんだから」

「ひとつよろしく頼むぜ。ところで、外国人狩りは今夜もつづけるんだろ?」

「うん、まあね」

矢代が曖昧な返事をした。

「そういう答え方はねえと思うな。おれは、もう仲間なんだから」

「そうだね、悪かったよ。外国人マフィアと不法滞在者を皆殺しにするつもりなんだ。それから、日本の企業を脅かしてる外資系企業もぶっ潰すことになってる。外国人を甘やかしてる卑屈な日本人たちにも天誅を下してやるつもりだよ」

「民族浄化ができりゃ、敷島は再生できるってわけだ?」

「ああ、その日が早く訪れることを切に願ってるよ」

「そうかい」

多門は口を結んだ。

それから間もなく、高瀬が戻ってきた。洋盆には、三つのシャンパングラスが載っていた。すでに高級シャンパンがなみなみと注がれている。

矢代は立ち上がって、わずかに中身が濁っているグラスを多門に勧めた。残りの二つのグラスに異変は感じられない。

多門は腰を浮かせ、勧められたグラスを受け取った。大股で水槽に歩み寄り、シャンパンを一気に水の中に流し込む。

矢代と高瀬が同時に、短い声をあげた。

ピラニアがもがきながら、次々に水面に浮かび上がった。

「青酸化合物を混ぜたようだな。おれをあまり軽く見ねえほうがいいぜ」

多門は振り返って、矢代を怒鳴りつけた。

矢代と高瀬がペルシャ絨毯に額を擦りつけ、泣き言を口にしはじめた。多門は二人を嘲笑し、応接間を出た。

エピローグ

双眼鏡の倍率を最大にする。

豪華クルーザーの白い船体が、ぐっと眼前に迫った。グロリア号という艇名も読み取れた。

多門は六トンの漁船の上にいた。

伊豆下田(いずしもだ)沖十数キロの海上である。近くにほかの漁船や遊漁船は漂っていない。海原は鏡のように凪(な)いでいる。

矢代から一億円の預金小切手をせしめてから、ちょうど一週間後の午後二時過ぎだ。きのうまで多門は、矢代が次々に放った刺客との死闘に明け暮れていた。五人のうちの三人は元警官で、ほかの二人は台湾の冷面殺手(れいめんさっしゅ)だった。

どの相手も手強(てごわ)かった。多門は傷を負いながらも、五人の殺し屋を叩きのめした。そして、全員の両腕をへし折った。五人とも廃業に追い込まれることになるだろう。

「クマ、役者は揃ってるのか？」

杉浦が漁船のパラシュートアンカーを落としながら、機関室から声をかけてきた。

元悪徳刑事は、小型船舶一級の免許を持っている。下田の漁師から借り受けた小型漁船を操縦してきたのは杉浦だった。

「グロリア号の甲板に『敷島の道同人会』の幹部どもが顔を揃えてる。矢代は元警視総監の田所政吾と何やら愉しげに話してらあ。元国会議員、大物財界人、右寄りの歴史学者、現職の警察官僚、陸自の情報本部や公安調査庁の幹部もいるよ」

「高瀬由秀は？」

「もちろん、乗ってる。杉さんが矢代の自宅の電話保全器にヒューズ型の盗聴器を仕掛けてくれたおかげで、奴らの船上パーティーのことがわかったんだ。感謝してるよ」

「水臭いことを言うんじゃねえや。クマとおれの仲じゃねえか」

「けどさ、杉さんの手まで汚させることになってしまって」

「新宿署時代から、おれの手は汚れてらあ。いまさら、どうってことねえよ。それより、クマ、本気で計画を実行する気なんだな？」

「おれの気持ちは変わらないよ。連中の考えてることはクレージーすぎる。誰かが奴らをぶっ潰さねえと、そのうち日本人の評価が下がるだろう。くだらねえことで、日本人の値打ちを下げたくないからな」

「クマも案外、まともじゃねえか」

「案外か。言ってくれるな。杉さん、ちょっと手伝ってくれないか」

多門は双眼鏡を手放し、甲板（デッキ）に坐り込んで両足に長い足ひれ（ロングフィン）を付けた。すでに黒いウエットスーツを着込んでいた。

杉浦が機関室から出てきた。

多門はウェイトベルトを締め、シーナイフを腰に提（さ）げた。防水ポウチも巻きつける。防水ポウチの中身は、時限式のプラスチック爆弾だった。きのう、裏社会のブラックマーケットで手に入れた物だ。火薬量はそれほど多くないが、ダイナマイト三本分の破壊力がある。

「割に重いんだな」

杉浦がそう言いながら、十二リットル入りのエアボンベを抱え上げた。多門は杉浦の手を借り、エアボンベを二本背負った。

それから二人がかりで、灰色の水中スクーターを船縁（ふなべり）から海中に沈めた。杉浦が水中スクーターの二本の紐（ひも）を両手の拳（こぶし）に巻きつけ、上体を反らした。

多門はゴーグルを掛け、マウスピースをくわえた。水中スクーターから少し離れた船縁に逆向きに腰かけ、そのまま後転した。

海中に没すると、すぐに水中スクーターに取りついた。エンジンを始動させ、シーナイフで二本の紐を手早く断ち切る。

多門は水中スクーターのハンドルを握り、海底近くまで潜った。

海水は濁っていた。多門は、すぐに水中ライトを点けた。光に驚いた鰈が慌てて砂の中に身を隠した。

グロリア号までは、およそ六百メートルある。海底を這うように進んでいく。揺らめく海草が何やら幻想的だ。時々、光の中を数種の底魚がよぎった。

岩礁の周辺には、アイナメやウマヅラハギが群れていた。鱓も泳いでいる。

やがて、グロリア号の船底がうっすらと見えてきた。四十フィート近い大型クルーザーは碇泊中だった。

多門は水中スクーターのスロットルを絞った。

そのとき、銛が水中スクーターを掠めた。どうやらクルーザーの真下に、監視のダイバーが潜っていたらしい。多門は水中ライトを振った。

光の中に、黒っぽいウェットスーツを着た男が浮かんだ。やや短めの水中銃を手にしている。多門はロケット型の水中スクーターを男に向けた。

相手が焦って水中銃に銛を装塡させる。

多門はスロットルを全開にした。水中スクーターのスピードが上がった。多門は敵のダイバーめがけて突進した。水中スクーターが相手を弾いた。銛が発射されたが、的からは大きく逸れていた。

多門は水中スクーターのエンジンを切って、横に押しやった。ダイバーが水中銃を捨て、シーナイフを握った。

多門は敵の左側に回り込んだ。

泳ぎながら、横蹴りを放つ。しかし、水の抵抗で動きは緩慢だった。蹴りは躱されてしまった。敵の男が両手で海水を大きく掻き分けながら、まっすぐ挑みかかってくる。

多門は立ち泳ぎの姿勢をとった。

シーナイフが突き出された。

多門は横に逃げて、男の利き腕を蹴った。シーナイフが落ちた。

反撃のチャンスだ。多門は相手に組みつき、シーナイフでエアレギュレーターの管を切断した。無数の水泡が男の顔面を包んだ。素早くエアボンベの栓を閉じる。

多門は相手の首をホールドし、海底に引きずり込んだ。俯せに捩伏せ、全体重を掛けて押さえ込む。

間もなく男の体は動かなくなった。口からも気泡は洩れていない。死んだようだ。

多門はゆっくりと上昇し、グロリア号の船底にプラスチック爆弾を装着した。爆破時刻を二十分後にセットし、水中スクーターの沈んでいる場所に急ぐ。

多門は水中スクーターのエンジンをかけ、全開（フルスロットル）で杉浦の待つ漁船をめざした。途中で方向を間違えそうになったが、無事に漁船に戻ることができた。水中スクーターのエンジンを切り、海底に落とす。

海面から頭を出すと、杉浦が舷（ふなばた）から縄梯子（なわばしご）を垂らした。

多門は船に這い上がり、ゴーグルとマウスピースを外した。

「細工は流々、仕上げをごろうじろだ」

「クルーザーの下に、見張り（シキテン）はいなかったのか？」

「ひとりいたよ。そいつは、海の底で永遠の眠りについた。空気調節管（エアレギュレーター・ホース）を切断してやったんだ」

「そうかい。それじゃ、派手な打ち上げ花火を見物させてもらわあ」

杉浦がナイフのような鋭い目を細め、煙草をくわえた。

多門は二本のエアボンベを背から降ろし、ウェットスーツを脱ぎはじめた。もちろん、長い足ひれ（ロングフィン）も外した。

潮風に吹かれながら、手早く衣服を身に着ける。身繕い(みづくろ)を済ませると、多門も煙草に火を点けた。

「クマのことだ、矢代から口止め料をせしめたんだろ？」

「まあね。けど、ほんの端金(はしたがね)だよ。一千万だからな」

「嘘つけ！　クマがそれっぽちの金で引き下がるわけねぇ。おそらく、その十倍はせしめたんだろう。図星だろうが？」

「おっかねえ父っつぁんだな。杉さんに半分やるよ。どこかに密告(チク)られたくないからね。五千万ありゃ、当分、奥さんの入院費の心配はしなくてもよくなるだろう」

「クマの気持ちだけ貰っとかあ。女房の入院費は、おれが工面(くめん)してえんだ。一応、眠りの姫の亭主だからな」

「杉さんは漢(おとこ)だね」

「けっ、からかいやがって」

杉浦が苦笑し、短くなったハイライトを爪で海に弾き飛ばした。

そのすぐ後、凄まじい爆発音がした。多門は喫いさしの煙草を海に投げ落とし、双眼鏡を目に当てた。

ちょうどグロリア号が真っ二つに裂けたところだった。

割れた船体は爆(は)ぜながら、海中に没した。すぐに巨大な水柱が立った。動く人影は一つも見当たらない。

「派手だったな。クマ、引き揚げるか？」

「そうしよう」

多門は双眼鏡を下げた。

杉浦が機関室に走り入り、アンカーを巻き上げた。多門はロングピースの箱から煙草を一本振り出した。

小型漁船が陸(おか)に向かって疾駆しはじめた。全速前進(フルアヘッド)だった。波飛沫(なみしぶき)が縁板(ブルワーク)を濡らしている。多門は煙草に火を点け、深く喫いつけた。

足許から伝わってくる震動が何とも心地よかった。煙草の味は格別だった。

翌日の夕方である。

多門は成田空港の出国審査カウンターの前で、間宮留理江と向かい合っていた。

留理江のハンドバッグの中には、小壜(こびん)に詰められたスーザン・ハワードの遺灰が入っている。頭部だけの遺灰だ。

「スーザンの両親に遺灰を渡したら、すぐ日本に戻ってくるんだろう？」

多門は訊いた。

「ええ、そのつもりよ」

「帰ったら、すぐ連絡してくれないか。おれ、きみに惚れたようなんだ」

「わたしも多門さんのことは一生、忘れないと思うわ。でも、もうあなたとは会えないの」

「えっ、どうして？」

「遠のいたままだった彼ともう一度やり直してみることにしたんです。身勝手ですよね？」

「いや、そんなことはないよ」

「恩知らずな女だと軽蔑されそうね。でも、わたし、彼に未練があるんです。あなたの気持ちに応えてあげられなくて、本当にごめんなさい」

留理江が申し訳なさそうに詫び、頭を深々と下げた。

「おれのことは気にしなくていい。女にゃフラれ馴れてるんだ」

「わたし、なんて言えばいいのか……」

「彼氏とうまくやってくれ。おれは、ここで失礼する」

多門は留理江の肩を軽く叩き、踵を返した。

背後で留理江が何か言った。声が小さくて、よく聞き取れなかった。

多門は聞こえなかった振りをして、足を速めた。いまの自分は、泣き笑いに似た表情をしているのではないか。

ターミナルビルを出たとき、スマートフォンが鳴った。発信者は女友達のひとりだった。

「いま、きみに電話しようと思ってたとこなんだ。会いたいな。今夜、会おうよ」

多門は歩きながら、大声で口説(くど)きはじめた。

脈はありそうだった。

本作品はフィクションであり、実在の
個人・団体などとは一切関係がありません。

1999年10月　祥伝社ノン・ポシェット刊
（『毒蜜　私刑・白人狩り』改題）
再文庫化に際し、著者が大幅に加筆しました。

実業之日本社文庫　最新刊

我孫子武丸
監禁探偵
多彩な作風を誇る著者が挑む、キャラミスと本格推理のハイブリッド！「前代未聞の安楽椅子探偵」をめぐる謎を描いた異色ミステリ！（解説・大山誠一郎）
あ27 1

井川香四郎
歌麿の娘　浮世絵おたふく三姉妹
人気絵師・二代目喜多川歌麿の娘で、水茶屋「おたふく」の看板三姉妹は、江戸の悪を華麗に裁く美しき仕置人だった!!　痛快時代小説、新シリーズ開幕！
い10 9

岡崎琢磨
下北沢インディーズ　ライブハウスの名探偵
コラムを書くためライブハウスのマスターの紹介で駆け出しのバンドマンたちを取材した新人編集者は思いがけない事件に遭遇し…。音楽×青春ミステリー！
お12 1

小野寺史宜
タクジョ！
運転が好き、ひとも好き。仕事に恋に（!?）全力投球の新人タクシードライバー夏子の奮闘と成長を温かく爽快に描く、青春お仕事小説の傑作！（解説・内田剛）
お7 2

沢里裕二
極道刑事　地獄のロシアンルーレット
津軽海峡の真ん中で不審な動きをする黒い影。日本に特殊核爆破資材を持ち込もうとするロシア工作員と、それを阻止する関東舞闘会。人気沸騰の超警察小説！
さ3 17

西村京太郎
十津川警部　怒りと悲しみのしなの鉄道
軽井沢、上田、小諸、別所温泉……警視総監が狙われた列車爆破事件の再捜査を要求された十津川警部は、わずか一週間で真実に迫れるのか!?（解説・山前　譲）
に1 27

実業之日本社文庫 み726

毒蜜 人狩り 決定版

2022年10月15日　初版第1刷発行

著　者　南 英男

発行者　岩野裕一
発行所　株式会社実業之日本社
〒107-0062　東京都港区南青山5-4-30
emergence aoyama complex 3F
電話［編集］03(6809)0473［販売］03(6809)0495
ホームページ　https://www.j-n.co.jp/
ＤＴＰ　株式会社千秋社
印刷所　大日本印刷株式会社
製本所　大日本印刷株式会社

フォーマットデザイン　鈴木正道(Suzuki Design)

ISBN978-4-408-55763-2（第二文芸）